Karl Heinrich Keck

Die Gudrunsage

Salzwasser

Karl Heinrich Keck

Die Gudrunsage

1. Auflage | ISBN: 978-3-84607-815-0

Erscheinungsort: Paderborn, Deutschland

Erscheinungsjahr: 2015

Salzwasser Verlag GmbH, Paderborn.

Die Gudrunsage (auch Kudrun oder Gudrun) ist ein Heldenepos in mittelhochdeutscher Sprache von anonymer Hand und neben dem Nibelungenlied das zweite große Heldenepos der mittelalterlichen deutschen Literatur. In diesem ursprünglich 1867 erschienenen Werk sind drei Vorträge über die erste Gestalt und die Wiederbelebung der Gudrunsage enthalten.

Die Gudrunsage.

Drei Vorträge

über ihre erste Gestalt und ihre Wiederbelebung,

gehalten in Schleswig im Januar 1867

von

Karl Heinrich Keck.

Erster Vortrag.

Hochzuverehrende Versammlung!

Wenn ich überhaupt schon bei jedem öffentlichen Auftreten mit einer gewissen Befangenheit und Beklemmung zu kämpfen habe, so ist dies ganz besonders heute der Fall, wo die Gemüter der meisten unter Ihnen noch nachklingen von der Redegewalt des Mannes *), der zuletzt von dieser Stätte aus mit so warmer Begeisterung, mit jener edlen Leidenschaft der innigsten Ueberzeugung und zugleich mit jener schönen Ründung und Fülle des Wortes über die wichtigste politische Frage der Gegenwart zu Ihnen gesprochen hat. Welch' ein Abstand zwischen jener Redegewalt und meiner schlichten mehr belehrenden als aufregenden Weise ist, das fühlt Niemand tiefer als ich, und darum hab' ich heute ganz besonders um Ihre Nachsicht zu bitten und dass Sie nicht sowohl zwischen dem vorigen Redner und mir eine Vergleichung anstellen, als die Resultate meiner Studien in ihrer wie immer beschaffenen Eigenartigkeit hinnehmen mögen. Darf ich aber auf diese Nachsicht hoffen, so ist es mir für meinen heutigen Vortrag gerade sehr willkommen, dass ich an die geistvolle politische Rede des Prof. Aegidi anknüpfen kann. Denn derselbe Gegensatz, Kampf und Sieg, wie Aegidi ihn neulich auf dem politischen Gebiete in so beredter Weise nachgewiesen hat, findet sich ganz entsprechend wieder im Bereich unserer Literatur. Wie das heilige römische Reich deutscher Na- Romantische u. klassische Poesie.

*) Professor Aegidi mit seinem Vortrage: Teutschland und Deutschland oder der Untergang des alten und der Aufgang des neuen Gemeinwesens.

tion: zwar ein riesiger aber traumartiger Gedanke ist, dem stets und überall der reale Boden und die fest ausgeprägte Form gefehlt hat, dagegen die sichere und straffe Staatsordnung, in welcher die politische Idee die ihr gemässe bestimmte Form gewonnen hat, ihre Heimat findet in dem wunderbar lebensfähigen glorreich wachsenden Preussen; wie der romantischen Politik der Hohenstaufen die, ich möchte sagen, klassische Staatskunst der Hohenzollern viele Jahrhunderte lang gegenüber gestanden hat, von kleinen Anfängen aus immer grösseren Raum sich erobernd, bis sie endlich in der Schlacht von Königgrätz den entschiedensten Sieg gewann: gerade so ist in der Literatur das mittelalterliche romantische Princip, dessen letzter bedeutsamer Schössling das kranke Genie Heinrich Heines war, mehr und mehr zurückgedrängt und endlich völlig besiegt worden von dem klassischen Princip, dessen herrlichste Blüten sich in Schiller und Göthe entfalteten. Denn das ist ja doch eben das Wesen der Romantik, dass die Form nicht der klare und sichere Ausdruck, sondern nur die Andeutung des Gedankens ist, dass der Erhabenheit der Ideen oder sagen wir lieber der Ahnungen jede feste Gestaltung mangelt, dass sie darum nicht die Helle des Tages liebt, sondern das geheimnissvolle Dämmerlicht der „mondbeglänzten Zaubernacht". So hatten denn die grossen Dichter des Mittelalters wohl gewaltigen Tiefsinn, wohl eine ahnungsvolle Mystik des Gefühls, wohl ein reiches Maass jener Genialität, die der eigentliche Urquell aller Dichtung ist, aber es fehlte ihnen die plastische Form, die sinnliche Klarheit des Ausdrucks, mit einem Wort die irdische Gestaltung ihrer himmlischen Ahnungen. Nirgends treffen wir daher häufiger den jähen Uebergang vom Erhabenen zum Lächerlichen als bei den mittelalterlichen Dichtern, nirgends finden wir so oft das Ergreifendste mit dem Alltäglichsten vermengt: denn der Mensch verlässt nie ungestraft in titanischer Himmelsstürmerei den irdischen Boden, auf dem er erwachsen ist. Freilich, wie die romantische Poesie noch im Anfang unseres Jahrhunderts einen dürftigen Nachsommer gelebt hat, so findet sich umgekehrt auch schon im Mittelalter ein Keim des klassischen Princips, d. h. der Identität von Form und Idee, in dem unsterblichen Meister Gottfried von Strassburg. Aber zur Blüte ist es erst gleichzeitig mit dem kühnsten und folgenreichsten Aufschwung des preussischen Staates gelangt; erst als Friedrich der Grosse mit fester Hand die Illusion des heiligen römischen Reichs deutscher Nation zerstört und dem echt deutschen Staat Raum geschaffen und dem deutschen Geiste den männlichen selbstbewussten Stolz wiedergegeben hatte, da trat im protestantischen Norden der grosse Reformator Lessing auf, der unerbittlich auch auf dem literarischen Gebiet alle mittelalterlichen Illusionen zerstörte und streng und ernst auf die Griechen als die ewigen Meister der Form hinwies und in einem Bilde aus dem von ihm selbst mit durchlebten siebenjährigen Kriege das mustergültige Lustspiel „Minna von Barnhelm" schuf. Von ihm datiert jener Aufschwung unserer modernen Literatur, der sie weit hinausgeführt hat über die Leistungen selbst der grössten Romantiker des Mittelalters, ein Aufschwung, der wohl nur darum noch nicht allgemein in seiner ganzen Bedeutung anerkannt zu werden pflegt, weil der geistvollste und darum einflussreichste aber zugleich einseitigste unserer Literarhistoriker, Vilmar, in politisch-religiöser Befangenheit die Romantik allzu sehr auf Kosten der klassischen Schiller-Göthe-Periode erhebt.

Wenn ich dennoch Sie jetzt in eine mittelalterliche Dichtung, die ich bewundere, einzuführen und in Ihnen eine gleiche Bewunderung zu wecken wünsche, so scheint darin ein Widerspruch mit dem eben Gesagten zu liegen. Aber im Verlauf meiner Vorträge werden Sie mehr und mehr erkennen, dass ich in dieser Dichtung nicht sowohl das specifisch Mittelalterliche hochstelle, als vielmehr bemüht bin, die wundervolle Heldensage, die ihren Kern bildet, aus dem Wuste trivialster Romantik herauszuschä-

Romantische Verhüllung der Heldensage Gudrun.

len und in ihrer originalen Schönheit Ihnen vor's Auge zu führen.

Es ist also mein Wunsch, Sie in drei Vorträgen, wenn Ihre wohlwollende Aufmerksamkeit mich begleitet, in die Heldensage von Gudrun so einzuführen, dass Ihnen Ursprung, Entwicklung und Ziel der unvergleichlichen Dichtung möglichst klar zur Anschauung kommt. Zwar hätte ich das Wesentlichste von dem, was ich aus eigener und fremder Forschung Ihnen mitteilen möchte, auch wohl zu einem einzigen Vortrage zusammenfassen können: aber dann musste ich die ganze Sage als bekannt voraussetzen, und es war mir nicht gestattet, Sie in die Einzelheiten so einzuführen und darin so verweilen zu lassen, dass Sie völlig vertraut damit würden. Nun aber lag es mir gerade am Herzen, Ihnen einen nachhaltigeren, mehr bildenden und erhebenden Genuss der uralten Dichtung zu vermitteln, als wie ihn die üblichen Literaturgeschichten gewähren: denn verdient irgend eine Sage der Vorzeit von Seiten der Schleswiger eine gründlichere und gemütvollere Betrachtung, so ist es eben diese. Denn unserer Heimat ist sie entstammt: die Züge des angelsächsischen und friesischen Heroentums giebt sie so getreulich wieder, dass in diesem verklärten Spiegelbilde noch heute unseres Volkes Art und Unart, seine kernige Tüchtigkeit wie seine spröde Eigenwilligkeit, klar zu erkennen ist. Zugleich aber ist Gudruns Schicksal in wunderbarer Weise vorbildlich geworden für Schleswigs Knechtschaft und Befreiung. Gudrun, die friesische Fürstentochter, wird von den Normannen geraubt, damit sie deren König Hartmut die Hand reiche; aber sie ist bereits dem König Herwig verlobt und ihm will sie ihre Treue bewahren; eine dreizehnjährige Knechtschaft, die sie zu den unwürdigsten Mägdediensten erniedrigt, vermag ihren hohen edlen Sinn nicht zu beugen, bis endlich ihr Gemahl und ihr Bruder mit Heeresmacht herannahen und sie in blutigem Kampf aus der Gefangenschaft befreien. Wer unter uns gedenkt dabei

Besondere Beziehungen der Sage zu Schleswig.

nicht der dreizehnjährigen Knechtschaft, die unsere teure Heimat von der Schlacht bei Idstedt und dem Friedrichstädter Sturm bis zur Einnahme der Danewirke und dem Sturm von Düppel zu tragen hatte, jener Knechtschaft, die Gudruns Duldermut und hochsinnige Treue von neuem bewährte, bis endlich, endlich die preussischen und die österreichischen Fahnen in dem befreiten Lande wehten und der ausharrenden Treue ihr Lohn ward. Wohl dachten viele von uns sich die spätere Entwicklung unseres Schicksals in anderer Weise, als sie erfolgt ist: aber wie manche Hoffnung auch zerschellt ist und ob auch drohendes Gewölk noch am nördlichen Horizont hängt, so hat doch das verflossene grosse und bedeutungsvolle Jahr das eine, das während der dreizehn Jahre unsere heisseste Sehnsucht war, uns für immer gewährt — das treue deutsche Schleswig ist aus fremder Gewalt errettet und auf ewig dem deutschen Vaterland wiedergegeben.

Feiern wir denn dies grosse Ereigniss, dessen volle Bedeutung erst unsere Kinder und Kindeskinder ermessen werden, auch an unserem Teile durch eine hingebende Betrachtung deutscher Art, wie sie nirgends schöner und ergreifender hervortritt, als in unseren Heldensagen, jenen Sagen und Liedern, denen kein Volk der Welt gleiche an die Seite zu stellen hat.

Verhältniss der griechischen Epopöen zu den deutschen.

Wohl weiss ich als Lehrer der Jugend, dass die klassischen Epopöen der Griechen, eine Ilias und eine Odyssee, in ihrer Art vollendet sind und dass sie eben wegen ihres klassischen Wesens, wegen der Vollkommenheit, in welcher der bedeutende Inhalt die ihm entsprechende schöne Form gefunden hat, als Mittel der Jugendbildung uns nie durch andere ersetzt werden können. Ja, ich wage es als Unverstand zu bezeichnen, wenn der Dichter Platen in momentaner Schwärmerei für die Nibelungen ausruft: „Kommt, ihr Knaben, schüttelt den Schulstaub von euch und lernt statt römischer Vocabeln das Gedicht eurer Väter auswendig“. Denn als Bildungsmittel für unsere Jugend brauchen wir eben das zweckmässigste und wirksamste, was die Kultur der gesamten Menschheit uns bietet. Aber — wenn unsere Jünglinge in der Bibel heimisch und mit dem Heilsplan der Vorsehung vertraut geworden sind, wenn sie an Ciceros Reden sicher und klar zu denken gelernt haben, wenn ihnen aus Homers und Sophokles' stiller Würde das Wesen der Schönheit aufgegangen und deren edles Maass in ihnen zu neuem Leben geworden ist: dann sollen sie auch durch den Nebel der mittelalterlichen Romantik hindurch in den frischen kräftigen Urwald unserer heimischen Heldensage geführt werden, um mit Lust und Stolz die Hoheit, die edle Einfalt, die Tapferkeit und Treue ihrer Altvordern zu empfinden und von echtdeutschem Wesen sich anheimeln zu lassen. Denn fehlt auch unseren Nibelungen und unserer Gudrun jene klassische Formvollendung, durch welche der Geist erst erzogen und geschult werden muss, um vor schweren Irrtümern bewahrt zu bleiben, so sind doch die sie bewegenden Ideen so mächtig und ergreifend, so urkräftig und gesund, und ihre Gestalten atmen bei aller Hoheit und übermenschlichen Grösse ein so warmes herzinniges Wesen, dass sie in dieser Beziehung die Ilias und die Odyssee weit hinter sich lassen. Die griechischen Epopöen sind Marmorstatuen zu vergleichen, deren vollendet schöne Umrisse ein Ideal verkörpern und dem Auge eine selige Befriedigung gewähren: die deutschen Heldengedichte haben mehr von der Eigentümlichkeit derjenigen Künste, in denen die Griechen es nicht bis zur Meisterschaft gebracht haben, der Künste, deren Urquell im tiefsten Gemüte liegt, der Malerei und der Musik. Denn ihr Wesen ist das Seelenvolle, das eben darum, weil es zu reich, zu gross, zu überirdisch ist, oft in Gefahr kommt den klaren und vollendeten Ausdruck zu verfehlen.

Nibelungen und Gudrun.

Aber durch ein wunderbares Schicksal sind die beiden begabtesten Völker der Welt, die Griechen und die Deutschen, hinsichtlich ihrer Heldenlieder in ganz ähnlicher

Weise begnadigt worden. Wie der Ilias, als dem Bilde voll von heroischer Erhabenheit, die Odyssee mit ihrer milderen Lebensanschauung und der Verherrlichung häuslicher Tugend zur Seite steht, so haben auch wir aus der vorgeschichtlichen Zeit unseres Volkes in Nibelungen und Gudrun zwei in ganz gleichem Verhältniss zu einander stehende Bilder. Die Nibelungen tönen die alte ernste Weise, wie Liebe Leid gebärt: der lieblichen Kriemhild wird tückisch ihr holder Siegfried erschlagen — damit ist für sie des Lebens Freude dahin, ihr ganzes Wesen ist verwandelt, wie eine Erinys brütet sie nur Rache für ihr gemordetes Glück, und als endlich die ersehnte Stunde schlägt, da opfert sie in dämonischer Raserei ihre Brüder und ihr Volk, um ihren Rachedurst zu stillen. Kriemhild und Hagen, der finstere Mörder, stehen sich mit einer Naturnotwendigkeit des Hasses gegenüber, um schliesslich in den Strudel des Verderbens, in dem sie selbst untergehen, alles was ihnen das Liebste ist mit hineinzuziehen. Wohl bedingen Dietrich und Volker und vor allen Rüdiger Episoden von weicheren und milderen Farben, aber im ganzen ist es ein Bild von erschütternder Furchtbarkeit, überwältigender Erhabenheit. Unserer Empfindungsweise viel näher steht dagegen das heiter blickende Bild Gudruns. Wohl herrscht auch hier noch völlig die heidnische Weltanschauung (denn was in der überlieferten Dichtung sich von christlichen Gemeinplätzen findet, ist nur plump aufgetragene Schminke des Mittelalters, die deshalb leicht sich beseitigen lässt); wohl werden auch hier uns grimmig rasende Helden und furchtbare Kampfscenen vorgeführt: aber selbst dem Schrecklichen wird durch einen gewissen seemännischen Humor das Grauenhafte benommen und über dem Ganzen schwebt von vornherein die Frohes verheissende Hoffnung, die denn auch durch alle Leiden hindurch zu einem erfreulichen Ausgange führt.

Vor allem aber gilt es jetzt, Sie mit dem Inhalt un-

Kritische Analyse von Gudrun.

serer Dichtung näher bekannt zu machen. Gewiss haben die meisten von Ihnen eine Analyse von Gudrun in der Literaturgeschichte des gründlich forschenden aber nur allzu verständigen Gervinus oder des feinfühligen aber einseitig romantischen Vilmar gelesen; manche mögen auch aus Simrocks Uebersetzung die Dichtung selber kennen gelernt haben: aber dennoch muss ich Sie bitten, Sich meine Führung durch die einzelnen Abschnitte der Begebenheit gefallen zu lassen, weil ich auf diesem Wege manches einzelne, das für die Beurteilung des Ganzen von der grössten Wichtigkeit ist, in ein anderes Licht zu stellen habe, als worin es gewöhnlich betrachtet wird.

Ueberlieferung des Gedichtes.

Das Lied von Gudrun ist zum ersten Mal im Jahr 1820 durch den Druck bekannt gemacht worden. Bis dahin existierte es nur in einer einzigen Handschrift in Wien, der Ambraser, welche Kaiser Max am Ende des 15. oder im Anfang des 16. Jahrhunderts hatte anfertigen lassen. Der unbekannte Dichter muss in der ersten Hälfte des 13. Jahrhunderts in Steiermark gelebt haben: auf diese Provinz und diese Zeit, wo der milden und kunstsinnigen Babenberger Regiment die Blüte der mittelalterlichen Literatur mächtig gefördert hatte, weisen nach dem Urteil der Sachverständigen vornemlich die sprachlichen Eigentümlichkeiten der Dichtung hin. Wenn also zwischen der Abfassung und der von Maximilian veranstalteten Copie, die für uns die einzige Quelle ist, gegen drei Jahrhunderte vergangen sind, und zwar Jahrhunderte, die in der Ueberlieferung geschriebener Texte nicht allzu gewissenhaft waren, so lässt sich denken, dass in die auf unsere Zeit gekommene Handschrift unendlich viele Irrtümer sich eingeschlichen haben, und dass der wissenschaftlichen Kritik hier ein schweres Stück Arbeit zugewiesen, aber auch ein unendlich weites Feld für die widersprechendsten Vermutungen eröffnet worden ist. Die einen halten die ganze Summe des uns überlieferten Gedichtes für das Werk eines einzigen Mannes, die andern scheiden viele Partien als spätere Einschiebsel oder Interpolationen aus, ja unser Landsmann Karl Müllenhoff verwirft eine solche Menge von Strophen, dass seine Recension nicht den vierten Teil von der Strophenzahl der Handschrift wiedergiebt. Vorläufig aber hat die Ueberlieferung, bis das Gegenteil wirklich erwiesen ist, ein unbestreitbares Anrecht darauf, im ganzen und wesentlichen für echt zu gelten, und so versuche ich denn, Ihnen über den Inhalt der Dichtung, wie sie in der Handschrift enthalten ist, eine Uebersicht zu geben.

Die mittelalterlichen Dichter lieben es, die Geschichte ihrer Helden mit einer Erzählung von deren Eltern einzuleiten. So beginnt Wolfram v. Eschenbach seinen Parzival mit einem langen Bericht über die Schicksale seiner Eltern Gahmuret von Anschau und Herzeloyde; ähnlich Gottfried von Strassburg seinen Tristan mit der lieblichen Erzählung von dessen Eltern Riwalin und Blancheflur. Unser Gedicht steigt noch eine Generation höher hinauf, und indem es geradlinig ohne alle Episoden fortschreitet, zerfällt es in höchst kunstloser Weise in drei Partien: der eigentlichen Gudrun gehen die zwei Erzählungen von ihren Eltern und ihren Grosseltern vorauf.

Erster Teil: Hagen.

Der erste Teil ist sehr dürftig und matt. Hagen, der Sohn König Sigebants von Irland, wird in früher Jugend von einem Greifen geraubt und in dessen Nest getragen. Ein junger Greif packt ihn und fliegt mit ihm auf einen Baum, um ihn zu zerreissen. Aber der Zweig bricht, der Knabe entfällt den Klauen des Vogels und bekommt Gelegenheit, sich in einer Höhle zu verkriechen, wo er drei Jungfrauen findet, die ebenfalls zwar von den Greifen geraubt sind, aber sich vor ihnen gerettet haben. Mit ihnen lebt er in der Wildniss und wächst zu grosser Kraft heran. Einst strandet ein Schiff an der Küste; Hagen schleicht heran, findet einen Todten und zieht diesem die Rüstung ab, um sie selbst anzulegen. Da kommt der alte Greif geflogen; der überraschte Hagen wehrt sich und erlegt zu seiner eigenen Verwunderung den alten Vogel wie dessen Jungen. Nun können die Jungfrauen endlich ohne Gefahr die Höhle verlassen, und Hagen versorgt sie fortan mit dem reichlich von ihm erlegten Wilde. Als er einst ein fabelhaftes Untier bezwungen hat, trinkt er dessen Blut und erlangt davon eine so riesige Stärke, dass er selbst Löwen bezwingen kann. So nötigt er denn auch die Mannschaft eines Schiffes, das endlich an die Küste verschlagen ist, ihn und die Jungfrauen nach Irland in seine Heimat zu führen. Seine Eltern empfangen ihn natürlich mit der grössten Freude. Zum Mann erwachsen, vermählt er sich mit der schönen Hilde von Indien, einer jener drei Jungfrauen. Sie gebiert ihm eine Tochter, die nach ihrem Namen Hilde genannt wird, und diese entwickelt sich zu einer solchen Schönheit, dass bald viele mächtige Fürsten um sie werben; aber der wilde Hagen will sie keinem geben, der nicht stärker ist als er selbst, und die zur Werbung abgesandten Boten lässt er hängen.

Kunstwert des ersten Teils.

Ich habe mich kurz gefasst in dieser Analyse, aber auch diesen summarischen Bericht hab' ich nur mit Widerwillen gegeben. Denn diese Partie enthält eben nichts anderes, als eine phantastisch oder albern aufgeputzte Robinsonade, deren Sagengehalt äusserst dürftig ist. Schon die grosse Rolle, welche die fabelhaften Greife hier spielen, zeigt, dass wir es hier nicht mit einer deutschen Sage, sondern einer wälschen Märe zu tun haben, welche der nicht sehr geschmackvolle Dichter in genealogischem Drange unserer einheimischen Dichtung an die Stirn heftete. Weil aber jene Märe ebenso kärglich wie kläglich war, so musste der Dichter mehr aus sich selbst schöpfen, und so erging er sich breiter als in den späteren Abschnitten in Schilderungen von Ritterfesten und königlicher Milde und in wässerigen Betrachtungen über Gottes Güte und über menschlichen Hochmut. Wir gewinnen aus diesem Teile die Ueberzeugung, dass der Dichter desselben, wenn auch formell leidlich geschult, doch weder eine tiefe Bildung noch irgend welche geniale Kraft besass; dennoch aber giebt es keinen zwingenden Grund, ihn mit Müllenhoff nicht für identisch zu halten mit dem Ueberarbeiter der nun folgenden wundervollen Nordseesage, denn auch diese hat er im Geschmacke seiner Zeit mit ähnlichen langweiligen und trivialen Schilderungen und Betrachtungen durchwoben.

Zweiter Teil: Hilde.

Der zweite Teil der Dichtung, in welchem es sich um die Entführung der schönen Hilde von Irland handelt, versetzt uns an die Küsten der Nordsee. Hier herrscht der König Hettel über die Friesen, die als seine Mannen nach friesischem und nordischem Brauch die Hetelingen heissen (oder, wie der oberdeutsche Bearbeiter der Sage missverständlich den Namen verdreht, Hegelingen). Als die äussersten Grenzen seines Reiches werden, wie es scheint, Dietmers (d. h. Ditmarsen) und Waleis genannt; bei dem letzteren Namen ist aber nicht an Wales zu denken, sondern an das Land an der Waal, die wälsche Endung aber ist auf Rechnung des oberländischen Dichters zu setzen, der im Geiste seiner Zeit es liebt, orientalische und französische Wörter mit deutschen zu vermengen. Hettel also, ein reicher und gewaltiger Herr, aber von jugendlicher Weichheit und Milde, sehnt sich nach einem Weibe, aber nirgend weiss er eine, die ihm ebenbürtig und „mit Ehren Herrin zu Hegelingen“ wäre. Da erzählt ihm Morung, einer seiner Mannen aus den Niederlanden, von der wunderschönen Hilde in Irland, der Tochter König Hagens, und entflammt seine Sehnsucht nach ihr.

Hettel und seine Mannen.

Hettel entsendet deshalb Boten an seinen Neffen Horand im Dänenlande (das Wort „Neffe“ bezeichnet im Mittelalter ähnlich wie das moderne „Vetter“ ganz im allgemeinen einen entfernten Verwandten), aber dieser wie der zugleich mit ihm angekommene Recke Frute erklären, dass Hagens Stärke und Wildheit eine Werbung um seine Tochter nicht zulasse, der einzige, der hier helfen könne, sei der alte Wate von Stürmen (unter diesem Stamme haben wir höchst wahrscheinlich die Sturmarii oder Stormarn im südlichen Holstein zu verstehen). Im Auftrage Hettels reitet also Irold der Friese zu Waten und entbietet ihn gen Hegelingen; den alten Recken nimmt es Wunder, was der König von ihm wolle, doch folgt er unverweilt der Ladung. Als er aber von Hettel vernimmt, wozu man ihn ausersehen, da lässt die Mannentreue eine Weigerung zwar undenkbar erscheinen, aber in naivster Weise spricht er auch gegen seinen König den grimmigen Unmut aus.

Wate sprach mit Zorne: Wer solches riet, fürwahr,
Der würde nicht sich grämen, stürb' ich noch dieses Jahr.
Nein, niemand anders hat dich gereizt zu solchen Dingen,
Als jener Däne Frute, dass ich die schöne Hilde möge bringen.

Die ist dir so behütet, die minnigliche Magd:
Wahrhaftig, Frut' und Horand, die solches dir gesagt
Von ihrer grossen Schönheit, sie sollen beid' es büssen —
Nicht eher ruh' und rast' ich, bis sie mit mir des Dienstes auch geniessen.

So geschieht es. Der listige Frute ordnet nun an, Schiffe zu bauen und mit den kostbarsten Schätzen zu beladen, er will sich als Kaufmann beim wilden Hagen einführen und durch Pracht und Freigebigkeit seine Gunst gewinnen; Wate aber vertraut mehr auf die Kraft der Faust und heisst die Schiffe mit Dielen decken und darunter gute Recken verbergen, die ihnen den Tod wehren.

Fahrt nach Irland.

So fahren die Helden ab auf Schiffen, deren Fugen mit Silber verbunden sind und deren Ruder Platten von Gold haben — sie wollen eben durch den ungeheuren Reichtum dem grimmig starken Hagen imponieren. In Irland angekommen erbittet und erlangt Wate freies Geleit vom König. Frute schlägt am Ufer seinen Kram auf und erregt das höchste Aufsehen durch die Pracht und Billigkeit seiner Waaren, ja „wer seines reichen Gutes ohne Kauf begehrte, dem war er solches Willens, dass oft er auch es gütlich ihm gewährte.“ Noch mehr aber macht

Wate von sich reden, der seine ungeschlachte und linkisch gutmütige, aber zugleich gewaltige Riesennatur nicht verleugnen kann: ihm kommt es daher sehr gelegen, dass Horand sich und die anderen Helden für Recken ausgiebt, die von König Hettel verbannt seien. So braucht er sich keinen Zwang aufzulegen. — Wenn sie aber trotz dieser Rolle zugleich als Kaufleute auftreten, so ist darin nicht mit Müllenhoff und Plönnies ein unlösbarer, auf Fälschung der Ueberlieferung deutender Widerspruch zu sehen: führt doch Müllenhoff selbst an, dass auch in anderen Liedern Helden in solcher Doppelrolle vorkommen, und welche Unverträglichkeit läge überhaupt darin, dass verbannte nordische Recken, deren Lebenselement das Meer und damit auch der Kaufhandel ist, sich durch billigen Verkauf oder Verschenkung ihres Eigentums die Gunst eines mächtigen Königs zu gewinnen suchen?

Die junge Königstochter Hilde vernimmt also von dem alten Wate „mit den wunderlichen Sitten" und bittet ihren Vater, ihn an den Hof zu bringen. Der greise Recke erscheint: „freilich hatte er die Gebärde, als ob er nie in seinem Leben lachte." Man trinkt Wein bei Hofe, dann bittet die Königin, dass die Helden noch in ihre Kemenate kommen. Die junge Hilde empfängt den grimmigen Wate mit besonderer Neugier und Ehrfurcht. Wate.

„Sie empfing ihn vor den andern; doch wär' es ihr wohl leid,
Wenn sie ihn küssen sollte: der Bart war ihm so breit,
Das Haar war ihm durchflochten mit reichen goldnen Borten."

In der Unterhaltung fragt sie schelmisch, ob er gern bei schönen Frauen sitze? aber mit etwas rauher Galanterie erwidert er: „eines ziemt mir bass: Ob ich auch bei schönen Frauen so sanft noch nimmer sass, So wär' es mir doch lieber, wenn ich mit guten Knechten, Wann immer es sein sollte, in harten Stürmen sollte fechten." Darüber scherzen denn die Frauen viel, und Hilde fragt einen von Morungs Mannen, ob Wate auch Weib und Kind daheim habe; sie freundlich zu herzen, damit werde er sich wohl wenig befassen. Die Antwort lautet: „Wohl hat er Kind und Weib Daheim in seinen Landen; doch wagt er Gut und Leib Immer gern um Ehre.“ Von nun an kommen die Helden öfter zu Hofe; auch Frute ist natürlich nicht, wie Müllenhoff will, durch seinen Kram am Ufer so gebunden, dass er nicht vor dem König erscheinen könnte. „Herr Wate und Herr Frute, an Kraft und Kühnheit reich, Und auch an Lebensjahren beinah einander gleich“ nehmen an den Festlichkeiten des Hofes teil. Da ward allerlei Ritterspiel getrieben, und Hagen fragt Waten, ob er schon je so gut habe fechten sehen. Der alte Recke lacht verächtlich, doch erklärt er ironisch, er möchte wohl solche Kunst erlernen. Da lässt der König seinen Fechtmeister kommen, aber Wate treibt ihn so in die Enge, dass der Lehrer Sprünge springen muss wie ein wilder Löwe. Das behagt dem starken Hagen und er erklärt sich jetzt selber bereit, Waten seine vier Hiebe zu lehren. Sie fechten nun schulgerecht, doch „bald spürte Hagen den kunstlosen Mann, Dass er wie ein begossner Brand zu rauchen begann.“ Als aber Wate erst recht warm geworden, fordert er seinen Gegner auf, nun ernsthaft mit ihm zu kämpfen, und der Saal erbebt jetzt von ihren wuchtigen Schlägen. Aber jeder findet schliesslich am Widerpart einen ihm gewachsenen Gegner, und sie scheiden mit Anerkennung von einander.

Rechtfertigung des Fechtkampfes.

Auch in dieser Scene, in welcher die Steigerung von Watens Kraftoffenbarung so allerliebst motiviert und geschildert ist, haben Müllenhoff und Plönnies, in der falschen Voraussetzung, dass der Recke seine riesige Stärke nicht verraten dürfe, weil er ja als Kaufmann auftrete, eine Menge der schönsten Strophen als unecht gestrichen; aber jedenfalls hätte Plönnies doch bedenken sollen, dass Wate schon in dem echt humoristisch gehaltenen Gespräch mit den Königinnen, das vor seinem kritischen Spruche doch Gnade findet, als ein gewaltiger Held gezeichnet ist, und dass, wenn er demnach keine Ursach hat unter einer friedlichen Maske aufzutreten, er Hagens höchste Gunst gerade nur durch seine ungeheure Kraft gewinnen kann, während der König andrerseits von dieser ihm einzig achtungswürdig erscheinenden Eigenschaft nichts zu fürchten hat, solange er nichts von den in den Schiffen verborgenen Recken ahnt.

Nun beginnt der Sänger Horand seine Kunst zu üben. Horand. Abends und Morgens singt er seine Lieder, die der ganzen Natur in die tiefste Seele dringen und durch ihr süsses Wehe alles Wilde sänftigen und zähmen. Mit Innigkeit lauscht ihnen auch die junge Hilde. Frauen und Männer danken dem Sänger. Doch Frute ruft listig: „Mein Neffe lasse sein Die ungefügen Töne, die ich ihn höre singen: Zu wessen Hulden mag er wohl diese üble Tageweise bringen?“ Es ist kaum glaublich, dass diese Worte wieder Müllenhoff Veranlassung geben, von übel angebrachtem Humor zu sprechen und eine Strophe zu verdammen: natürlich will Frute durch die List, mit der er die bewunderten Gesänge Horands als matt und ungefüge bezeichnet, die Begierde der Hörer nur noch mehr spannen auf das, was sie noch zu erwarten haben. Denn in der Tat ist das, was Horand schon leistet, erstaunlich: „es deuchte sie in Wahrheit nur eine kurze Weile, Wenn er immer sänge, während einer ritte tausend Meilen.“ Aber es kommt, wie Frute schon angedeutet, noch ganz anders. Die junge Hilde bittet ihren Vater, die Hand an sein Kinn legend, er möge Horand noch neue Lieder singen heissen. Da stimmt er denn Abends seinen vollsten Ton an, und

„Die Tier' im Walde liessen ihre Weide gern;
Die Würme, die da krochen im Grase nah und fern,
Die Fische, die im Wasser auf und nieder schwammen,
Sie liessen ihre Fährte. Fürwahr, die Töne stimmten wohl zusammen.“

Von dieser Macht fühlt sich Hilde bezwungen. Sie schickt einen Kämmerer zum Sänger und entbietet ihn heimlich in ihre Kemenate; mit dem jungen Morung folgt er ihrem Befehle.

„Da begann er eine Weise, die war von Amilê,
Die nie ein Mensch vernommen und keiner lernet je,
Wenn er sie nicht erlauschet im wilden Meeresbrausen.“

Und da Hilde widerstandslos in seine Hand gegeben ist, beginnt er endlich von seinem Herrn zu sprechen und erklärt, dass dieser nur sie liebe und sie zu besitzen wünsche.

„Sie sprach: Gott mög' ihm lohnen die Liebe tausendmal.
Wär' er mir ebenbürtig, ich würde sein Gemahl,
Wenn du mir singen wolltest den Abend und den Morgen.
Er sprach: das tu' ich freudig, darüber seid nur immer ohne Sorgen.

Er sprach zur schönen Hilde: Viel edles Mägdelein,
Mein Herr hat alle Tage dort am Hofe sein
Zwölf, denen alle Lieder viel besser noch gelingen;
Und doch, wie süss die Weise, mein Herr vermag am besten noch zu singen.“

So bezaubert der Sänger durch seine wunderbare geheimnissvolle Elfenweise, die wie Volkers Geigenspiel in den Nibelungen als eine Gabe der Naturgeister auf die schwachen Sterblichen wirkt, das Herz der Königstochter. Sie willigt ein, ihm gen Hegelingen zu folgen, und verspricht, ihren Vater zu bitten, dass er ihr gestatte, die Schiffe der Fremden zu besehen: bei dieser Gelegenheit soll die Entführung erfolgen.

Hildens Entführung.

Die Helden erklären nun Hagen, dass ihr König den Bann, den er über sie ausgesprochen, aufgehoben habe, und dass sie demnach in ihre Heimat zurückkehren wollen; als letzte Gunst erbitten sie sich zum Abschied, dass er den Königinnen erlaube, ihre Schiffe zu beschauen. Gern gewährt es Hagen. Der listige Frute hat indessen alles schwere Gut ausgeladen und die Schiffe erleichtert. Als nun der König mit Gemahlin und Tochter am Ufer erscheint, hebt der alte Wate die schöne Hilde schnell in ein Schiff, hisst die Segel auf und lichtet die Anker. Gleichzeitig springen die Bewaffneten hervor und stossen die Irländer vom Bord, dass sie wie die Vögel im Wasser schweben. Hagen tobt grimmig über den Verrat und ruft, man solle ihm seine Gerstangen bringen. Aber mit trocknem Humor sagt Morung:

„Nun eilet nicht zu sehr:
Wie schnell ihr auch zum Kampfe immer eilt daher,
Und wären wohlgewaffnet tausend eurer Helden,
Sie müssen in die Fluten; da können sie, wie kühl es drunten, melden.“

So fahren die Hegelingen mit ihrer Beute ab; denn Hagens Schiffe sind leck, er kann sie also nicht sofort verfolgen.

Landung in Waleis.

Wate schickt nun Boten voraus an Hettel mit der glücklichen Nachricht; sobald er aber Waleis, die westliche Marke vom Reich der Hegelingen, erreicht hat, gehen er und seine wassermüden Helden, um sich von der Seefahrt zu erholen, ans Land. (Müllenhoff tilgt auch diese Partie von der Rast in Waleis als unmotiviert und lässt darum den nun folgenden Kampf zwischen Hagen und Hettel erst vor der Burg des Letzteren stattfinden; aber wenn die alten Friesen, wie davon schon unser Gedicht manche Beispiele darbietet, jede Gelegenheit gern benutzten, um nach den Mühen der Seefahrt in ihren wohl grösstenteils offenen Böten durch eine Landung sich eine angenehme Abwechselung zu bereiten, so ist es hier nach der längeren Fahrt von Irland her um so natürlicher, dass sie an der ersten ihnen sicher scheinenden Stelle ihre Schiffe auf einige Tage verlassen, weil sie ja namentlich auf die Erquickung der entführten Königstochter Rücksicht zu nehmen haben.) In Waleis schlagen sie also Zelte auf und rasten längere Zeit; König Hettel aber ist ihnen bis hierher entgegengeritten und küsst nun bewillkommnend seine holde Braut.

„Sie sassen dann gemächlich bei König Hagens Kind
Auf den lichten Blumen unterm Zelt von Seide.
Nun aber nahte Hagen: da kam es noch zu Kampf und schwerem Leide."

Kampf zwischen Hagen und Hettel.

Mit starker Heeresmacht erscheint der erzürnte Vater an der Küste von Waleis. Wate flüchtet Hilden auf ein Boot und sichert sie hier durch eine starke Bedeckung. Ein wütender Kampf entspinnt sich dann zwischen den Iren und den Hegelingen; Hagen tobt das Land zu gewinnen, das Wasser färbt sich purpurrot vom heissen Blute. Endlich springt er hinaus in die Flut, watet ans Gestade, und ob auch die Pfeile wie Schneeflocken ihn umstürmen, so gewinnt er doch das Ufer. Und vor allen dringt er auf Hettel ein, der ihm zwar mannhaft standhält und dadurch seine Anerkennung gewinnt, aber endlich doch verwundet und nur durch Wate gerettet wird. Denn von Hagen heisst es:

„Ihm genügte nicht am Schwerte, zu rächen seinen Hass:
Von seiner Gerstange rücklings den Boden mass
Mancher edle Ritter, der nimmermehr die Märe
In seinen Landen sagte, wie ihm dort im Streit gelungen wäre."

Wie nun aber der riesige Wate auf ihn eindringt, entwickelt sich die gewaltigste Kampfscene. „Da sah mancher Degen Glut aus Helmen stieben gleich lichten Feuerbränden." Dem König Hagen zerbricht seine Gerstange an Watens Schilde; da haut er mit dem Schwerte auf ihn ein und schlägt ihm eine Wunde, dass das Blut herniederrinnt. Aber das erregt erst recht des alten Recken Wut und Grimm: „er schlug den wilden Hagen, dass an des Helmes Spangen Sein Schwert hell erglänzte: das Tagslicht war vor seinem Blick vergangen." Da ruft Hilde, die in steigender Spannung dem Kampfe von fern zugeschaut hat, voll Angst dem König Hettel zu, er möge ihren Vater vom grimmigen Wate scheiden. Seiner Fraue gehorsam dringt Hettel bis zu den Kämpfenden vor und fordert Hagen auf, den Hass nun zu enden, damit der Freunde Sterben sich nicht mehre. Er giebt sich ihm zu erkennen als Hildens Gemahl, und da nun Hagen mit Genugtuung gefühlt hat, dass die Entführer nicht Räuber sind, sondern tapfere Recken, die selbst seiner Kraft Widerstand zu leisten vermögen, da willigt er ein, dass der Streit zu Ende sei und über alles Land Friede gerufen werde. Denn hierauf eben beruht in der deutschen und nordischen Heldensage die vielfach sich wiederholende Weigerung der Väter ihre Tochter einem Manne zu geben: im übermütigen Bewusstsein ihrer Riesenstärke verachten sie jeden Bewerber als nicht ebenbürtig; wer aber durch die Tat sie von seiner Kraft und damit von seiner edlen Geburt überzeugt, dem sind sie sogleich willig sich zu versöhnen. — Nachdem also der Friede ausgerufen ist, tritt Wate in einer neuen Eigenschaft als Heilkundiger auf: nachdem er sich selbst verbunden hat, heilt er mit *Pflastern* und Salben auch Hettel und Hagen, letzteren auf Hildens dringende Bitte. Er hatte die Kunst, wie es im Liede heisst, von einem wilden Weibe erlernt d. h. von einer der Weissagung und damit zugleich der Heilkunst mächtigen Seejungfrau (auf diesen bedeutsamen mythologischen Zug, den Müllenhoff wieder wie so manches andere in dieser Scene aus nichtigen Gründen tilgt, werden wir später zurückkommen). Nachdem dann auch zwischen Hilden und ihrem Vater die Versöhnung erfolgt ist, besucht Hagen auf seines Eidams Einladung das Land der Hegelingen, überzeugt sich von der Macht und dem Reichtum derselben und damit zugleich vom Glück seiner Tochter und

Wate als Arzt.

„Als er daheime wieder bei ihrer Mutter war,
Der alten Königinne, sprach Hagen: ja, fürwahr!
Es konnte gar nicht besser mit unserm Kind gelingen;
Hätt' ich mehr der Töchter, ich schickte alle wohl nach Hegelingen."

Damit hab' ich Ihnen denn eine Uebersicht über den

Kunstwert des zweiten Teils.

Inhalt des zweiten Abschnittes, der von Hildens Entführung handelt, gegeben. In der Form findet sich hier dieselbe uns widerwärtige und langweilige Breite, wie im ersten Teile; namentlich lässt der Dichter keine Gelegenheit unbenutzt vorübergehen, wo er ritterlichen Gebahrens Erwähnung tun kann (denn an solchen Schilderungen fand eben seine Zuhörerschaft ihre Freude): aber sachlich scheint er auch gar nichts aus eigener Phantasie hinzugetan zu haben, alle wesentlichen Züge der Erzählung haben einen durchaus sagenmässigen Charakter und sind mit einander in voller Uebereinstimmung, und die angeblichen Widersprüche und Verwirrungen, welche die moderne Kritik entdeckt haben will, lösen sich bei näherer Betrachtung ganz einfach auf. Viel eher ist anzunehmen, dass der Dichter diese oder jene ausführlichere echt heroische Darstellung, die er in seinen Quellen fand, weil sie seinem Geschmack oder dem seiner Zuhörer nicht ganz behagte, ungebührlich verkürzt hat, um zu seinen Lieblingsgegenständen zu eilen. Wenn er z. B. Str. 505 sagt:

„Es war ein grosses Wunder, so tun die Bücher kund,
Dass trotz der Riesenstärke Hagens ihn bestund
Der Herr von Hegelingen. Als auf einander drangen
Zum Streit die beiden Helden, wie laut die Schwerter an den Helmen klangen!“

und er nun trotz der Berufung auf die Bücher doch vom Zweikampf Hagens und Hettels nichts besonderes erzählt, so liegt die Vermutung nahe, dass jene von ihm citierte Quelle eine sehr ausführliche Schilderung eben dieses Zweikampfes, des eigentlichen und notwendigen Kernes der ganzen Schlacht auf Waleis, worin Hettel und Hagen echte Blutsfreundschaft stiften, enthalten habe, dem Dichter aber, der mehr Geschmack an Ritterfesten als an heroischen Kampfscenen fand, diese Partie zu wenig interessant erschienen sei, sodass er durch Verweisung auf die

Quelle seiner Pflicht zu genügen glaubte. Im Ganzen lässt sich über diesen zweiten Abschnitt jedenfalls das Urteil fällen, dass die darin überlieferte Sage, besonders durch die hervorragenden Gestalten Horands und Watens, zu den schönsten gehört, von denen die alten Lieder melden, dass aber der Dichter, dem wir diese Erzählung verdanken, seinem gewaltigen Stoffe in keiner Weise gewachsen ist, sondern in der Anordnung ebenso grosses Ungeschick, wie in der Ausführung und im Stil Mangel an tiefer Bildung und idealem Sinn bewiesen hat.

Zweiter Vortrag.

Dritter Teil: Gudrun.

Wir kommen nun zum dritten Abschnitt, dem Hauptteile des Gedichts, dem die vorausgegangenen nur als Episoden hätten eingefügt sein sollen, der eigentlichen Gudrun.

Dem Königspaar von Hegelingen waren zwei Kinder erblüht: Ortewin, vom alten Wate zu aller ritterlichen Tugend erzogen, und Gudrun, die an Schönheit ihre Mutter und ihre Grossmutter noch übertraf. „Sie war nun so erwachsen, sie trüge wohl ein Schwert, wenn sie ein Ritter wäre.“ Damit ist ein gewisses keckes Wesen der Jungfrau gezeichnet, das nachher noch oft in reizender Art zu Tage tritt. Von allen Seiten finden sich denn auch die Freier ein. Zuerst Siegfried, König von Moorland (d. h. irgend einem Marschlande an der Nordsee, unser oberländischer Dichter aber macht daraus in drolligem Missverständniss ein Mohrenland und Siegfried zu einem schwarzen Prinzen, was ihm denn die willkommene Gelegenheit giebt, allerlei orientalische Namen, die man in den Kreuzzügen kennen gelernt hatte, wie Abakie und Alzabê, einzuflechten). Hettel aber versagt aus Stolz diesem Bewerber seine Tochter und zieht sich dadurch seine tödtliche Feindschaft zu. Die neuere Kritik verweist diesen Freier zwar ins Gebiet der Interpolationen und sucht seinen späteren Einfall in das Land von Hettels Eidam als einen blossen Raubzug darzustellen, an dem verletzter Stolz keinen Teil habe; aber den nichts beweisenden Argumenten dieser Kritik gegenüber vermag schon die echt sagenmässige Dreizahl der Bewerber darzutun, dass Sieg-

Siegfrieds Werbung.

fried, wenn auch nur als Statist, nicht als individuell gezeichneter Charakter, ein ursprünglicher Bestandteil der alten Sage ist.

Der zweite Freier ist der schöne junge Hartmut aus Normandie, Sohn König Ludwigs und der bösen Gerlind. Aber auch seine Boten erhalten eine abschlägige Antwort: er ist nicht hochgeboren genug. Hartmuts Werbung.

Frau Hilde sprach: Wie läge sie wohl dem Recken bei?
Es lieh mein Vater Hagen hundert und drei
Burgen seinem Vater im Karadinerlande:
Meine Freunde nähmen von Ludwigs Händen Lehen nur mit Schande."

Wir sehen: es ist bei diesen alten Heroen immer wieder derselbe hohe und selbstbewusste Mut, der den Freier zurückstösst. Die Tochter wird nicht nach ihrer Neigung gefragt, von sentimentaler Liebe im modernen Sinne des Wortes ist hier nirgends die Rede; nur da, wo ein ebenbürtiger Werber sich findet und durch mannhaften Kampf seine hohe Geburt dartut, sind die Eltern einzuwilligen geneigt, und dann ist es für die noch ganz in die Gefühls- und Denkweise des Hauses aufgehende Tochter, die noch von ihrer Wurzel nicht so abgelöst ist, dass sie andere Neigungen haben könnte, als ihre Eltern, vollkommen selbstverständlich, dem ihr bestimmten Gemahl zu folgen und ihn zu lieben, aber diese Liebe ist nun nicht ein verfliegender Rausch der Gefühle, sondern eine mit Naturnotwendigkeit aus dem Gehorsam hervorblühende Hingebung, die stet und treu bis in den Tod ist. Es liegt ein köstlich sicheres und wundervoll klares und ruhiges Wesen in diesem naiven Reckentum.

Eben deshalb aber kann auch die nun im elften Abenteuer folgende Episode, in der erzählt wird, wie der junge Hartmut selbst incognito an Hettels Hof sich begiebt, mit Gudrun liebäugelt, sich ihr entdeckt und von ihr gedrängt wird, schnell den Hof zu meiden, damit er sein Leben Hartmuts angebliches Incognito.

rette — diese Episode, sag' ich, kann unmöglich der echten Sage angehören: das in moderner Subjectivität schwankende und geteilte Gemüt, das wir darnach bei Gudrun annehmen müssten, widerspricht durchaus dem sicheren und festen Wesen, das wir in der übrigen Dichtung an ihr kennen lernen, und ebenso unwürdig wäre jenes heimliche Lauschen und Spähen und verstohlene Liebäugeln des ritterlichen Hartmut, der nach der stolzen Abweisung unmöglich auf etwas anderes denken kann, als auf Rache oder gewaltsame Entführung der Königstochter. Nichtsdestoweniger ist kein Grund vorhanden, mit Müllenhoff und Plönnies diese Episode für eine spätere Interpolation zu halten: wie wir unseren Dichter bereits kennen gelernt haben, dürfen wir sie wohl seiner nicht eben glücklichen Erfindungskraft zutrauen, die, wie es scheint, sich hier zum ersten Male selbständig hervorwagte, um teils dem auf Minne erpichten Geschmack seiner Zeit eine Huldigung zu erweisen, teils die spätere Intervention Gudruns zu Gunsten Hartmuts in seiner Art zu motivieren.

Herwig als Freier.

Als dritter Werber tritt nun Herwig von Seeland, d. h. nicht dem dänischen, sondern dem niederländischen, auf. Auch er wird folgerichtig abgewiesen, aber sofort zieht er mit seinen Mannen vor Hettels Burg, und es kommt zum erbitterten Kampfe.

„Oft entschlug den Helmen feuerheissen Wind
Herwig der Kühne: das sah des Wirtes Kind,
Gudrun die schöne; ihr war es Augenweide.
Der Degen schien ihr tapfer; das war ihr leid und schuf ihr dennoch Freude.“

Das ist die echte Heldenjungfrau: nur zu dem im Kampf erprobten Manne kann sie sich hingezogen fühlen. Hettel hat in der Schlacht genugsam Herwigs Tüchtigkeit kennen gelernt, um auf seiner Tochter Bitte, dass man Waffenstillstand schliessen möge, gern einzugehen. Aber der Gegner will nichts von Frieden wissen, es sei denn, dass man ihm gestatte, ungewaffnet die Burg zu betreten und Gudrun und ihren Eltern Rede zu stehen über seinen Adel. Das geschieht und

„Er blickte ihr ins Antlitz mit freudigem Hoffen.
Sie trug ihn im Herzen: das gestand sie vor den Leuten offen."

Und da Hettel sie fragt, ob sie Herwigen zum Gemahl wolle, da erwidert sie: „Bessren Freundes will ich nicht begehren." So erfolgt die Verlobung.

Aber der verschmähte Freier Siegfried fällt verwüstend in des begünstigten Nebenbuhlers Königreich Seeland ein und bedrängt ihn bald aufs äusserste; ringsum raucht Herwigs Land, er selbst muss sich in eine Burg werfen. Hiervon durch Boten benachrichtigt, fleht Gudrun ihren Vater an, dem Verlobten zu Hülfe zu ziehen. Jener bietet alle seine Mannen, darunter natürlich alle die bekannten Heldengestalten, auf und eilt Herwig zu entsetzen; bald gelingt ihm das, und jetzt muss Siegfried von Moorland hinwiederum sich in eine Veste werfen und eine Belagerung der Hegelingen aushalten. Siegfrieds Rachezug.

Mittlerweile aber haben sich im Normannenlande die Könige Ludwig und Hartmut gerüstet, um Gudrun mit Gewalt zu entführen; Hartmuts Mutter, die böse Gerlinde, welche die Schmach der Abweisung ihres Sohnes zu rächen glüht, stachelt unablässig zur Ausführung des Unternehmens. Und da nun Kundschafter melden, dass die Hegelingen in Seeland Siegfried belagern, ziehen die Normannen in Eile nach Hildens hohem Schlosse an den Strand der Friesen. Harmut erneuert durch Boten seine Werbung, aber Gudrun erwidert: „Herwig bin ich angefestet, meinem Mann und Herrn." Da eröffnen Ludwig und Hartmut den Sturm auf die schwach verteidigte Burg Matelane; sie wird gebrochen und Gudrun mit zweiundsechzig Frauen entführt. Gudruns Entführung.

Die verlassene Hilde sendet schleunig Boten nach

Seeland an ihren Gemahl, um die Unglücksmäre zu melden. Rasch entschlossen bietet Hettel dem belagerten Siegfried, der keine Aussicht auf Entkommen mehr hat, Frieden an, und die eben noch im wilden Kampf einander gegenüberstehenden Helden verbünden sich, um den räuberischen Normannen sofort nachzueilen. Aber es fehlt an Schiffen, und der rücksichtslose Wate rät nun, frommen Pilgern, die in der Nähe weilen, ihre Fahrzeuge wegzunehmen, um auf der Stelle den Entführern nachsetzen zu können.

Angebliche Beraubung der Pilgrime.

Natürlich kann dieser Zug, durch welchen christliche Kreuzfahrer in einem für uns geradezu komischen Anachronismus ins Gedicht hineingebracht werden, der echten Sage nicht eigentümlich sein; auch können die Hegelingen, die mit ihren Schiffen zusammengehören wie der Reiter mit seinem Ross, auf einer kriegerischen Expedition zu Lande gar nicht gedacht werden, es versteht sich vielmehr von selbst, dass sie zu Wasser nach Seeland gekommen sind und demnach an Schiffen keinen Mangel leiden können. Die moderne Kritik findet hier natürlich wieder den bequemen Ausweg, die ganze Episode von Watens Frevel für elende Interpolation zu erklären; aber der aufmerksame Leser sieht bald, dass der mittelalterliche Dichter durch jenes von Waten angeblich an den Pilgern verübte Unrecht das grosse Unglück motivieren will, das bald die Hegelingen auf dem Wülpensand ereilen soll; jene Ruchlosigkeit ist ihm eben ein wichtiges Glied in der Kette der Ereignisse [1]). Insofern also wird die Episode echt sein, als sie von unserm Dichter herrührt, aber sicherlich hat er nicht ohne zwingende Gründe seine Phantasie zu einer Einschaltung in die Ueberlieferung angestrengt; vielmehr ist anzunehmen, dass er in seiner schriftlichen oder mündlichen Quelle eine specifisch heidnische von den Hegelingen verübte Untat vorgefunden hat, für welche er, um dem christlichen Charakter seiner Darstellung treu zu bleiben, eine andere an die Stelle setzen musste. Und woran könnten wir hier nun eher denken, als an eine Unterlassung der Todtenbestattung? Natürlich hatten die beiden Heere, die sich bis dahin feindlich gegenüberstanden, eine Menge von Todten; denn obschon Siegfried sich in eine Veste geworfen hatte, so ist doch selbstverständlich nach heroischer Sitte vor den Wällen und Mauern täglich ebenso gut gekämpft worden, wie in der Ebene vor Troja, und Str. 813 sagt ausdrücklich von den belagernden Hegelingen, sie hätten alle Tage kühne Taten vollbracht. Bei der Hast aber, womit die nun versöhnten Feinde den Normannen nachsetzen, haben sie nicht Zeit, ihren Todten die letzte Ehre zu erweisen, und so mag etwa der listige Frute oder der rücksichtslose Wate es gewesen sein, der den Rat gegeben, die Leichen rasch in den Strom zu werfen. Bekanntlich sahen aber die germanischen Völker des Altertums in der Unterlassung der Todtenbestattung eine furchtbare Sünde: besteht doch nach der Edda das Todtenschiff Naglfar, das einst den Weltuntergang bringen soll, aus schmalen Nägelschnitzen der Leichen, worin die Mahnung für die Menschen liegt, den zu bestattenden Todten sorgfältig die Nägel zu beschneiden, um dadurch den Weltuntergang möglichst hinauszuschieben. — Eine merkwürdige Bestätigung für meine Vermutung über die wahre Verschuldung des Hegelingenheeres findet sich in Str. 1538 unsres Gedichtes, wo es ganz unmotiviert heisst: „Dann warf man ins Wasser, die vor den Toren wurden todt gefunden. So befahlen sie den Fluten viertausend oder mehr: Das riet der kühne Frute. Von Leichen schwoll das Meer.“ Diese Worte, an ihrer jetzigen Stelle so wenig passend, dass die moderne Kritik sie mit einem Schein von Recht für Interpolation erklärt, mögen ursprünglich unserer Stelle angehört haben.

Kampf auf dem Wülpensand.

Aber genug — ich kehre zur Darlegung des Inhalts zurück. Die Normannen waren also auf ihrer Rückfahrt an den Wülpensand oder Wülpenwerder gekommen, eine Insel, die wir uns jedenfalls an der durch Sturmfluten vielfach umgestalteten Scheldemündung zu denken haben; der Name mag ebenso wie derjenige der noch in jenen Gegenden nachweisbaren Ortschaft Wulpen abzuleiten sein von den jungen Seehunden oder Welpen, die sich auf solchen Eilanden oder an sandigen Ufern zu sonnen pflegen. Hier beschliessen die wassermüden Helden sieben Tage zu rasten, um sich von den Mühseligkeiten der Seefahrt zu erholen. Aber ehe sie sich wieder einschiffen, erscheinen die verfolgenden Hegelingen. Mit Mühe wird die Landung erkämpft, die Pfeile fliegen so dicht, wie wenn der Schnee von den Alpen hergeweht wird. Ludwig sucht Waten zu wehren, Hartmut dem Friesen Irold, Herwig springt bis an die Achseln in die Flut und unterzieht sich hartem Frauendienst; endlich aber gewinnen die Hegelingen das Ufer und kämpfen nun, bis die Nacht hereinbricht. Aber dieser erste Tag hat noch keine Entscheidung gebracht [2]). Am folgenden Morgen wird die Schlacht erneuert. — Aber leider ist der Gesang, in welchem der Dichter die Hauptscene des Kampfes auf dem Wülpenwerder, das Zusammentreffen Ludwigs und Hettels und den Tod des letzteren, schilderte, uns verloren gegangen; nur die kurze Inhaltsangabe des Liedes „Ludwig schlug da Hetteln“ ist uns erhalten. Die moderne Kritik freilich, die sonst nicht genug von den Eigentümlichkeiten des Volksgesanges zu rühmen weiss, wie in Kampfscenen jede Armbewegung und jede Stellung traditionell festgehalten sei, findet an diesem Orte jenen Lapidarstil „Ludwig schlug da Hetteln“ ausserordentlich wirksam; wer aber unsern Dichter kennt, kann nicht zweifeln, dass er trotz seines geringen Geschmackes an heroischen Kämpfen jenen Hauptmoment der Schlacht, auf welchen die ganze spätere Blutrache an den Normannen zurückzuführen ist, in mehr als vier Worten geschildert hat.

Hettels Tod.

Wie aber Hettel erschlagen ist, da werden die Seinigen vollends zur Wut entflammt.

„Doch als der grimme Wate vernahm des Königs Tod,
Da haust' er wie ein Eber. Wie lichtes Abendrot
Sah man die Helme scheinen von seinen wilden Schlägen;
Man fand in argem Zorne ihn und alle seine kühnen Degen."

Selbst der hereinbrechende Abend trennt die Streiter nicht von einander. Erst als Horand im Dunkel, da Freund und Feind nicht mehr zu unterscheiden sind, seinen eigenen Neffen erschlagen hat und, seines Irrtums inne geworden, schmerzlich ausruft „hier wird die Schlacht zum Mord", da schliesst man Waffenstillstand bis zum folgenden Tage. Beide Heere lagern einander gegenüber. Aber in der Nacht entweichen feige die Normannen, nach heroischen Begriffen um so niederträchtiger, da der Waffenstillstand sie verpflichtete, bis zur Wiederaufnahme des Kampfes alles im bisherigen Zustande zu lassen. Die entführten Frauen schreien auf bei der Einschiffung, aber man droht sie zu ertränken, wenn sie nicht stille sind. Am Morgen gewahren die Hegelingen den schändlichen Betrug. Laut lässt Wate sein Heerhorn erklingen und er tobt den Ausreissern nachzusetzen, aber Frute prüft Wind und Wellen und erklärt, die Normannen hätten schon einen Vorsprung von dreissig Meilen gewonnen, an ein Einholen derselben sei nicht mehr zu denken, und den Feind in seinem eigenen Lande anzugreifen seien sie viel zu sehr geschwächt. Flucht der Normannen.

Unser Dichter verweilt nun noch lange bei dem feierlichen Begräbniss der sämmtlichen Todten und erzählt von einem reichen Kloster, das auf dem Wülpensand gestiftet sei. Das letzte ist natürlich seine eigene Erfindung, aber die Umständlichkeit, womit er hervorhebt, dass auch die Feinde begraben werden, bestätigt nur die oben ausgesprochene Vermutung, dass in der echten Sage das Unglück auf dem Wülpensand durch die frühere Unterlassung der Todtenbestattung motiviert war. Todtenbestattung.

Wate zieht denn traurig heim, Frau Hilden die trübe Märe zu verkünden. „Sonst zog er ein mit Schallen; nun Heimkehr der Hegelingen.

ritt er stumm mit seinen Recken allen.“ Da kommt Hilden die schlimmste Ahnung, Wate aber kennt nicht sorglich milde Vorbereitung, die ganze schreckliche Wahrheit offenbart er mit einem Male: „Ich muss es euch wohl sagen, Und will euch nicht betrügen: alle sind erschlagen.“

„O weh meines Leides! sprach des Königs Weib.
Wie ist von mir geschieden meines Herren Leib,
Des edlen Königs Hettel! nun muss die Ehre schwinden.
Wie hab' ich beide verloren: Gudrunen werd' ich auch nicht wieder finden.“

Aber einen Trost hat doch der kühne Wate, indem er seine Herrin auffordert das Klagen zu lassen: „Sind erst uns neue Männer erwachsen hier im Lande, So rächen wir an Hartmut und Ludewig den Schaden und die Schande.“ Von diesem Augenblick an ist Hildens ganzes Sinnen auf Rache gerichtet: wie Kriemhild hat sie ihr Lebensglück verloren und ebenso wie bei jener ist ihr ganzes Sein verwandelt. Aber die Rachegedanken der vereinsamten Gattin durchdringt hier doch mildernd die Hoffnung der sehnsuchtsvollen Mutter auf einstige Befreiung ihrer Tochter.

Gudruns erste Misshandlung.

Die Erzählung lenkt jetzt auf die geraubte Gudrun zurück. Als sich den Seefahrern schon die Burgen im Normannenlande zeigen, redet Ludwig der Jungfrau zu, Hartmut zu minnen, dann werde sie Herrin in jenen Schlössern werden. Sie aber erwidert mit der ihr eigenen etwas hochfahrenden Sprödigkeit:

„Lasst mich ohne Not.
Eh' ich Harmuten nähme, lieber wär' ich todt.
Seid ihr denn solches Adels, dass er mich sollte minnen?
Ich wollte das Leben lassen, eh' ihn zum Freund ich jemals möcht' gewinnen.“

Mit demselben verletzenden Stolze hatte ihre Mutter Hilde die normannischen Boten abgewiesen. Da ergrimmt aber Ludwig ob des ihm angetanen Schimpfes, und er schleudert die Jungfrau an den Haaren ins Meer; Hartmut aber springt ihr nach, erfasst sie an ihren blonden Zöpfen und rettet sie in eine Barke. Seinem Vater macht er dann heftige Vorwürfe; dieser aber erwidert kalt mit Beziehung auf die Beleidigung seines Hauses: „Noch nie hat Jemand bisher meine Ehre gekränkt, und die soll auch bis an mein Ende ungekränkt bleiben; bitte also Gudrunen, sie möge in Zukunft ihren Zorn nicht an mir auslassen.“ Durch die ironische Gemessenheit und Höflichkeit seines Tones hört man deutlich die noch kochende Wut hindurch, nur die Ausbrüche hat er bemeistert.

Auch diese Episode haben Müllenhoff und Plönnies für Interpolation eines Ueberarbeiters erklärt; aber Ludwigs schroffes Benehmen nnd die stolze selbstbewusste Antwort, die er seinem Sohne giebt (in welcher Plönnies freilich ein jämmerliches Auftreten erblickt), gehen mit Sicherheit aus seinem Charakter und aus der ganzen Situation hervor. Denn schon Gudruns Entführung hat er nicht sowohl um seines Sohnes willen geleitet, als um seinem Geschlechtsstolze Befriedigung zu verschaffen und die Schmach der Abweisung zu rächen; nun aber, da er Hettel erschlagen hat, kann er sich selber sagen, dass an eine Einwilligung der stolzen Fürstentochter in die Ehe mit Hartmut nie zu denken ist, Gudrun ist ihm also wie jede Fremde, und da sie seine Ehre angreift, braust natürlich die ganze Wildheit seines Wesens ungehemmt auf. Bei der Antwort, die er seinem Sohne giebt, haben wir ihn bleich und bebend zu denken. So hängt in dieser Scene alles, wenn es nur gehörig verstanden wird, so folgerichtig zusammen, und namentlich sieht die individualisierende Hervorhebung der blonden Zöpfe so wenig nach Erfindung eines Dichters aus, dass es mich wundert, wie man hierin die echte Sage hat verkennen mögen. Wenn übrigens Gervinus meint, diese Rettung Gudruns durch Hartmut sei vielleicht darauf angelegt, ihn ihr annehmlicher zu machen und dadurch ihre Treue gegen Herwig in ein schöneres Licht zu stellen, wobei er nur bedauert, dass diese vielversprechende Linie nur angefangen, aber nicht weitergeführt sei, so urteilt er, wie mir scheint, von einem ganz modernen Standpunkt aus; eine Gudrun kann gar nicht in einen Conflict der Neigungen kommen, die Treue gegen den verlobten Herwig ist ihr so selbstverständlich und notwendig wie das Atmen, doch eben darum auch selbstverständlich und entschieden ihr Hass gegen den Entführer. Jene Rettung durch Hartmut ist vielmehr nur die notwendige Folge von der Misshandlung durch Ludwig; diese aber ist die Besiegelung der fortan zwischen ihm und Gudrun bestehenden Todfeindschaft und zugleich das erste Glied in der langen Reihe von Unbilden, welche die geraubte Jungfrau zu ertragen hat.

Gudruns Ankunft in Normandie.

Denn nunmehr entfaltet sich, um mit W. Grimm zu reden, die Blüte des Gedichtes; die Erzählung, die nun folgt, wie Gudrun unter Herabwürdigungen aller Art den Adel ihrer Seele bis zu dem Augenblick ihrer Erlösung bewahrt, ist von unbeschreiblicher Schönheit. — Wie die Normannen das Land betreten, kommen ihnen Gerlind und ihre Tochter, die liebliche Ortrun, entgegen. Die letztere küsst mit Tränen in den Augen die heimatlose Waise und fasst ihre weisse Hand, sodass vom ersten Augenblick an zwischen der weichen und sich ganz ihrem Mitgefühl hingebenden Ortrun und der stolzen aber doch liebebedürftigen Gudrun eine innige Sympathie sich geltend macht; als nun aber auch die lauernde Gerlind herantritt, um die entführte Jungfrau zu küssen, da bebt diese vor Entrüstung und weist sie entschieden zurück. Mit dem Instinkt des Kindes fühlt sie das Arge in ihr. So wirft Gerlind von der ersten Begegnung an einen tödtlichen Hass auf sie, und sie denkt fortan mehr darauf sie zu misshandeln, als sie zur Heirat mit ihrem Sohne geneigt zu machen; ja der letzteren ist sie um so weniger geneigt, da der Heroenbrauch, der die politischen und die Familienverhältnisse identificiert, unumgänglich fordert, dass der Sohn mit der Vermählung zugleich gekrönt werde und das Regiment übernehme, die Eltern dann aber an

Würde hinter das junge Paar zurücktreten (ähnlich verhalten es ja noch heute unsere angelsächsischen und friesischen Bauern).

Gudruns Dienstbarkeit.

Nachdem nun Gudrun die erneuerten Werbungen Hartmuts mit Entschiedenheit zurückgewiesen hat, empfiehlt er sie seiner Mutter und begiebt sich unmutig in die Fremde. Unser Gedicht sagt von verschiedenen Heeresreisen, die er ausgeführt habe, doch hat er der echten Sage nach vielleicht eine ähnliche Stellung eingenommen, wie später Ortewin im Hegelingenreiche, der unter der Hoheit seiner Mutter über Ortland waltet. Jedenfalls ist er Jahre lang von der elterlichen Burg entfernt. In seiner Abwesenheit aber beginnt die böse Gerlind Gudrun nach ihrer Weise zu erziehen. Sie droht ihr: „Du musst mein Zimmer heizen und musst mir selber schüren die Brände", aber

„Da sprach das edle Mägdlein: Mich zwingt die Not dazu,
Was ihr mir gebietet, dass ich das alles tu,
Es sei denn, dass mein Unglück Gott im Himmel wende;
Jedoch hat noch selten meiner Mutter Tochter geschürt die Brände."

Freilich wird jene Drohung noch nicht in ihrer vollen Härte ausgeführt: nur wird Gudrun von ihren Begleiterinnen geschieden, sie selber aber wird, wie es scheint, zwar kärglich und streng gehalten, aber doch noch nicht, wie später, zu den schmählichsten Verrichtungen gezwungen; denn noch hält Gerlind es für möglich, dass sie einst an ihrer Statt die Krone tragen könne. Dagegen müssen ihre Begleiterinnen, unter welchen die treue Hildburg und die ungetreue Hergart genannt werden, die niedrigsten Mägdedienste verrichten: sie müssen Garn winden und Flachs hecheln, und die vornehmste und schönste unter ihnen, Hergart, hat gar Wasser zu tragen und den Ofen zu heizen, aber freilich erliegt sie bald dieser Härte und, indem sie willenlos den Machthabern sich fügt und die

Sache ihrer Herrin verrät, bietet sie eine schöne Folie für den hochsinnigen Duldermut der übrigen Jungfrauen.

Zweite Periode der Gefangenschaft.

Im siebenten Jahre [3]) kehrt Hartmut aus der Fremde heim. Seiner Mutter macht er bittere Vorwürfe über Gudruns Behandlung; jene verspricht zwar, sie wolle sie fürderhin besser pflegen, aber kaum hat er den Hof wieder verlassen, so wird es für die Verwaiste noch schlimmer. Dreimal täglich muss sie jetzt Gerlindens Kemenate kehren und die Oefen drin heizen; ihr Mut aber bleibt ungebrochen, ihre Treue fest und unwandelbar, obschon sie nicht wie ein Königskind gehalten ward. So enthält dieser zweite Abschnitt ihrer Gefangenschaft in jeder Beziehung eine Steigerung zum ersten: die Behandlung der Königstochter ist eine viel härtere, aber in demselben Maasse tritt auch ihre Seelengrösse mehr hervor. „Gutwillig tat sie alles, was man sie leisten hiess“; statt also wider den Stachel zu löcken, ergiebt sie sich mit Heldenstärke in ihr Schicksal; aber wie weit sie davon entfernt ist, sich innerlich ihren Peinigern zu nähern und von sich selbst abzufallen, soll bald offenbar werden.

Hartmuts letzte Werbung.

Denn da Hartmut im siebenten Jahre abermals heimgeritten kommt und seine Freunde in ihn dringen, er möge die schöne Gudrun sich vermählen, ob es seiner Mutter lieb oder leid sei, denn für ihn und seine Freunde sei es eine Schande, dass er noch nicht die Krone trage, da sucht er auf jegliche Weise die Jungfrau zur Einwilligung in die Heirat zu überreden. Er geht in ihre Kemenate und stellt ihr alle Herrlichkeit vor, die sie als seine Gemahlin zu erwarten habe; aber mit Hoheit erwidert sie: „Ihr wisst, dass euer Vater Ludwig meinen Vater schlug; wenn ich ein Ritter wäre, so dürfte er mir nicht ungestraft nahen, und nun verlangt ihr, dass ich die eure werde?“ Und da Hartmut droht, sie mit Gewalt zu seiner Frau zu machen, sagt sie ruhig: „Darum focht mich noch keine Sorge an, dass Hagens Enkelin Kebse werden sollte. Es hat noch stets die Sitte gegolten, dass keine Frau einen Mann nehme, als mit beider Willen: so wollt' es Recht und Ehre.“ Nun wendet sich Hartmut an seine Schwester, die liebliche Ortrun, die stets Gudrunen volle und herzliche Hingebung erwiesen hat, und bittet sie um ihre Vermittelung; Ortrun erwidert:

„Ich will ihr immer dienen mit allen, die hier sind,
Dass sie des Leids vergesse: mein Haupt will ich ihr neigen;
Ich und meine Maide dienen ihr, als wären wir ihr eigen.“

So wird Gudrun zu Ortrun geführt und wieder fürstlich gehalten; aber auch die holde Güte des einzigen Wesens im Normannenlande, dem sie herzlich zugetan ist, vermag sie nicht wankend zu machen; ihr Schlusswort bleibt immer:

„Man hat mich einem König verlobt und zugesagt
Längst mit festen Eiden zum ehelichen Weibe:
Es sei denn, dass er sterbe, so lieg' ich nie bei eines andern Leibe.“

Gudruns tiefste Erniedrigung.

Da giebt Hartmut unwillig und verdrossen seine Versuche, sie durch Güte zu bewegen, wieder auf; er überlässt sie, um ihren Trotz zu brechen, seiner Mutter, und die Misshandlungen beginnen nun wieder schlimmer als zuvor. Gerlinde heisst sie am Meeresstrande Kleider waschen, aber auch diese tiefste Erniedrigung hat nur die Wirkung, die ganze Stärke ihres Trotzes anzuspannen.

„Da sprach die edle Jungfrau: Reiche Königin,
So schafft, dass man mich lehre, wie ich mich darin
Anzustellen habe, dass ich euch wasche Kleider.
Ich soll nicht Wonne haben, so wollt' ich denn, ihr tätet mir noch leider.“

Doch ein solcher Trotz ist nur für kurze Zeit dem Uebermaass der Erniedrigung gewachsen. Gudrun hätte in der Einsamkeit unter dem Jammer und Elend zusammenbrechen müssen; aber die treue Hildburg erbittet und erlangt die Erlaubniss, täglich mit ihr in allem Wetter in freiem

Felde zu waschen. So hat sie wenigstens eine mit ihr leidende und fühlende Seele, sie kann ihren Schmerz ausweinen.

Aber dieser tiefsten Herabwürdigung der edlen Dulderin kann die poetische Gerechtigkeit der Sage keine lange Dauer geben. Sie ist das Vorspiel der Erlösung. Denn wie das dreizehnte Jahr seit Gudruns Entführung zu Ende geht und in Hegelingen eine neue Generation herangewachsen ist, beruft Hilde ihre sämmtlichen Mannen, wie auch Herwig von Seeland, um den Rache- und Befreiungszug zu unternehmen. Es versammeln sich viele Tausende von Helden, die mit einer wohlgerüsteten Flotte beim ersten Beginn des Frühlings in See stechen. Hilde bleibt daheim, ihr Bannerträger beim Heere ist Horand von Dänemark.

Hildens Rachefahrt.

Doch verläuft die Fahrt nicht ohne bedeutende Hindernisse. Gegenwinde verschlagen die Hegelingen in das finstre Meer, wo der Magnetberg sie mit seiner unwiderstehlichen Kraft für immer festzuhalten droht. Nach vier langen Tagen aber verzieht sich der Nebel, ein Westwind erhebt sich, und von ihm getrieben, gelangen sie wieder in fliessende Flut. Aber da beginnt eine neue Not: ein Sturm empört die See und droht ihnen den Untergang, doch bringt dies Wetter sie glücklich an eine Küste, von der aus sie schon die Normandie gewahren; sie landen, um die Mannen und die Rosse von den Leiden der Seefahrt sich erholen zu lassen.

Bedeutung der retardirenden Momente.

Auch in diesem Abschnitt erblicken Müllenhoff und Plönnies wieder das Spiel einer „bunten Interpolatoren-Phantasie“, wie unwahrscheinlich es auch an und für sich ist, dass oberländische Ueberarbeiter der Dichtung sich gerade in Erfindung von Seeabenteuern sollten gefallen haben. Andrerseits gehört die Erzählung von dem alles Eisen anziehenden Magnetberg und von dem unbeweglichen mit Nebel überdeckten Lebermeer zu jenen Schiffermärchen, zu welchen die Wirklichkeit des Meeres allen seefahrenden Völkern der Erde Gelegenheit giebt: man sollte denken, dergleichen hätte in einer Nordseesage gar nicht fehlen dürfen. Und nun liegt es so nahe, die wichtige Bedeutung gerade dieser Partie in der poetischen Oekonomie des Ganzen zu ergründen. Hätten nämlich die Hegelingen ohne alle Hemmnisse und Fährlichkeiten ihren Zug vollführt, so würden sie, längs der Küste fahrend, nach ihrer gewöhnlichen Art unterwegs eine Rast genommen haben und dann unmittelbar vor der Normannenburg gelandet sein, um sie sofort anzugreifen. Damit aber wäre der Kundschaftergang Ortwins und Herwigs und die Wiedererkennung zwischen diesen beiden und Gudrun und damit die schönsten der folgenden Partien weggefallen, überhaupt wäre die Schlussentwickelung eine ganz andere gewesen. Nun aber sind die Hegelingen gerade durch ihren längeren Aufenthalt in offener See und durch die ausgehaltenen Stürme gezwungen, an der ersten Küste, die sie treffen, zu landen, um sich hier erst durch eine längere Rast zu erholen. Da sie aber von dort aus in der Ferne die Burgen der Normannen erblicken, so erwacht sehr natürlich in Ortwin und Herwig die Sehnsucht, vorerst auf eigene Hand sich in das Gebiet der Feinde zu wagen, um Kundschaft einzuziehen, ob Gudrun und die mit ihr Entführten noch leben. Denn hierum allein handelt es sich, wie das Gedicht ausdrücklich hervorhebt, bei dem gefährlichen Unternehmen der beiden kühnen Helden, von welchem selbst Wate als von einem verwegenen abrät.

Die Erzählung lenkt jetzt wieder auf die geraubten Jungfrauen zurück. Es war an einem Tage gegen Ostern um die Mittagszeit, da wuschen Gudrun und Hildburg wieder am Strande. Siehe, da kommt ein Vogel geschwommen, der zu reden beginnt und auf Gudruns Fragen ihr Auskunft giebt über Hilde und alle Helden der Heimat, zugleich ihr auch für den folgenden Morgen das Eintreffen zweier Boten verheisst. — Unser Dichter sieht in diesem

Der weissagende Vogel.

Vogel einen Engel Christi; in der echten Sage aber war es ohne Zweifel ein Schwan, in dessen Gestalt sich die weissagenden Meerfrauen, die zugleich Odins Walkyrien sind, zu hüllen pflegen. Noch heute sagen wir ja deshalb „es schwant mir“ statt „ich habe eine Ahnung“.

Gudrun aber und Hildburg waschen an diesem Tage träger, und Gerlinde empfängt sie daher mit Scheltworten. Sie nehmen ihr kärgliches Abendbrot ein und legen sich dann zum Schlaf auf ihre harten Bänke. Aber es kommt ihnen wenig Ruhe, mit zu grosser Ungeduld erwarten sie den nächsten Morgen und die verheissenen Boten. Bei des Tages Grauen sieht Hildburg hinaus, da war ein Schnee gefallen. Da seufzet Gudrun: „Du solltest doch die böse Gerlinde bitten, dass sie wenigstens heute uns Schuh erlaube, an den Strand zu gehen“, und die treue Hildburg entschliesst sich um ihrer Freundin willen, sich zu der Bitte herabzulassen. Aber die noch im behaglichen Bette liegende Königin schlägt das Begehren mit harten Worten ab: ihr Maass soll eben voll werden. Die beiden armen Frauen wandern also barfuss durch den tiefen Schnee an den Strand, um wieder zu waschen. Lange harren sie vergeblich. Endlich kommen zwei Männer in einer Barke. „Sieh“, ruft Hildburg, „die gleichen deinen Boten“. Aber Gudrun, in welcher die Erinnerung an den Glanz ihres Hauses wieder erwacht, antwortet: „Ach, Leid wie Freude schafft mir Jammer. Sind es Hildens Boten, so dürfen sie mich nicht in dieser Erniedrigung sehen.“ So wollen sie schon fliehen. Aber die Männer drohen, ihnen die am Strande liegenden Kleider wegzunehmen, wenn sie nicht bleiben. So müssen sie denn den Fremden Rede stehen in durchnässtem Gewand, mit verwildertem Haar. Die Männer fragen, wem das Land gehöre und wieviel Mannen in der Burg liegen, endlich auch nach Gudrun und ihren Begleiterinnen. Herwig schaut die Jungfrau prüfend an.

Gudruns Begegnung mit Herwig.

„Sie schien ihm also schöne und auch so wohlgetan,
Dass es ihn im Herzen aufseufzen machte:
Sie glich so sehr der einen, an die er oft mit Zärtlichkeit gedachte.“

Endlich erfolgt die Erkennung an den Verlobungsringen, und freudig ruft Herwig:

„Dich trug auch anders keine, als eine Königsfraue.
Wohl mir, dass ich nach manchem Leid meine Freud' und Wonne wiederschaue.“

Er umarmt und küsst die wiedergefundene Braut, ebenso Hildburgen. Aber Ortwin, nachdem auch er die lange betrauerte Schwester begrüsst, erkundigt sich mit jenem schalkhaften Humor, der uns in dieser glücklichen Stunde gerade an Gudruns Bruder nicht wundern kann, wie es doch komme, dass die Normannen so ihre Königin waschen lassen, und wo ihre und Hartmuts Kinder seien? Natürlich ist diese Frage nur ein übermütiger Scherz, denn dass seine Schwester nicht Königin ist, lehrt ihn ja der Augenschein; aber für Gudrun wird die Frage Veranlassung zur Erzählung von ihren Leiden und dem Grunde derselben. So will denn Herwig sie und Hildburgen sogleich hinwegführen.

„Da sprach der Degen Ortwin: das sei fern von mir!
Und hätt' ich hundert Schwestern, die liess' ich sterben hier,
Eh' in der Fremd' ich also mein Tun sollte hehlen,
Die mir im Sturm genommen, meinen grimmen Feinden wegzustehlen.“

Auch macht er darauf aufmerksam, dass, wenn sie Gudrun und Hildburg heimlich jetzt entführten, dann all ihr Ingesinde verloren wäre. So müssen sie sich denn trennen. Die beiden Männer fahren winkend und grüssend hinweg, die Frauen bleiben traurig sinnend zurück. Endlich mahnt Hildburg, die Wäsche fortzusetzen, aber da ruft Gudrun:

„Dazu bin ich zu hehr.
Gerlindens Kleider wasch' ich nimmermehr.
Zu so geringem Dienste ist mir die Lust vergangen:
Es haben mich zwei Kön'ge geküsset und mit Armen mich umfangen."

Und was auch die ängstliche treue Hildburg sagt, Gudrun fasst die Wäsche ein Stück nach dem andern, schleudert sie weit ins Meer und sieht mit kindlich mutwilliger Lust sie fortschwimmen.

Gudruns Empfang bei Gerlinden.

Aber spät Abends empfängt Gerlinde sie am Tor mit grimmigen Scheltworten. Als nun gar auf ihre Frage, wo die Wäsche sei, Gudrun keck erwidert, die habe sie am Strande gelassen, weil die Bürde ihr zu schwer gewesen sei, da kocht das böse Weib vor Wut und sie lässt Dornen brechen und zu Ruten binden, um der Königstochter die Haut vom Gebein zu schlagen. — Natürlich darf diese Drohung nicht vollzogen werden; denn, wie Plönnies schön bemerkt, die Hoheit, die der gequälten Jungfrau noch wie ein unsichtbarer Königsmantel um die Schultern hängt, würde an einem geprügelten Rücken nicht mehr haften. Aber wie ist dies Aeusserste abzuwenden? Unser Dichter erzählt, Gudrun habe listig vorgegeben, sie wolle Hartmut jetzt heiraten, und durch die Furcht vor der künftigen Königin sei Gerlinde plötzlich entwaffnet worden. An dieser Lösung nehmen die sonst so bedenklichen oft genannten Kritiker keinen Anstoss; ich bin jedoch überzeugt, dass diese Partie, wenn sie auch natürlich in dem Sinne echt ist, dass sie vom Dichter herrührt, doch der echten Sage nicht angehört haben kann. Wohl könnte eine griechische Heroine durch solche List sich retten; aber es ist unmöglich, dass die deutsche Gudrun lügt. Sie, die überall wahr und offen ist und den seltensten Seelenadel zeigt, kann auch in der grössten Not nicht durch List täuschen wollen; als Schwester jenes Ortwin, der diejenige nicht hinwegstehlen wollte, die ihm mit Sturm genommen, muss sie zu stolz

Gudruns angebliche List.

sein, um sich auf Schleichwegen zu retten. Ohne Frage hat hier der Dichter seine Quelle missverstanden, oder diese ist schon getrübt gewesen. Nach der ursprünglichen Fassung wird Gudrun vielmehr auf die wütende Drohung Gerlindens sich mit der ganzen Hoheit ihres Wesens erhoben haben, um im Bewusstsein der nahen Hülfe zu erklären, dass die angedrohte Schmach fürchterlich gerochen werden solle, wenn sie bald den Königen und Herren dieses Landes zur Seite stehen werde; wie aber deutsche Märchen vielfach den schönen Zug wiederholen, dass böse Menschen in ihrer Gewissensangst ein gesprochenes Wort missverstehen und gerade dadurch sich selbst das Gericht bereiten, so werden auch Gerlinde und die Umstehenden Gudruns stolzes Wort, womit sie auf Herwig und Ortwin hinwies, so missverstanden haben, als ob sie jetzt bereit sei, Hartmuten zu heiraten.

Genug aber, dem letzteren wird die angebliche Bereitwilligkeit Gudruns gemeldet. Er eilt herzu sie zu umarmen, aber stolz tritt sie zurück. „Gemach, das wär' euch Schande vor den Leuten; ich bin eine arme Wäscherin, die ein reicher König nicht berühren darf. Heiss' ich erst Königin, dann ziemt es euch und mir, dass ihr mich in die Arme schliesst". Hartmut weicht also zurück; aber sofort wird Gudrun gebadet und prächtig gekleidet, auch werden alle ihre Schicksalsgefährtinnen (natürlich die ungetreue Hergart ausgenommen) zu ihr gelassen und glänzend bewirtet. Die Mägde aber sind traurig über ihrer Herrin vorgeblichen Entschluss in der Normandie zu bleiben; sie weinen und klagen. Da lacht die schalkische sich jetzt so glücklich fühlende Gudrun hell auf, sie, der doch seit dreizehn Jahren das Lachen fern war. Lauscher hinterbringen das Gerlinden, und diese gerät in grosse Angst ob des unbegreiflichen Lachens, sie wittert die Nähe der Feinde, aber Ludwig und Hartmut beruhigen sie. Gudrun hat inzwischen die Aufwärter fortgeschickt und die Türen verriegelt und offenbart sich jetzt ihren Freundinnen.

Der letzte Abend der Knechtschaft.

„Wisst, ich küsste heute Herwig meinen Mann
Und Ortwin meinen Bruder. Nun gedenkt daran:
Die ich reich soll machen und immer frei der Sorgen,
Die trachte, wie sie zeitig uns nach der Nacht verkündige den Morgen.“

Die Mauerschau. Da der Morgenstern schon hoch am Himmel steht, erweckt eine der dienenden Jungfrauen Gudrun: die Burg ist eingeschlossen. Gerlind überzeugt sich von der drohenden Gefahr, dann rüttelt sie Ludwig aus dem Schlafe: „Gudrunens Lachen erkaufen deine Recken heut mit dem Leben.“ Von der Mauer aus beobachtet man nun die einzelnen Heerzeichen: Hildens Banner, das Horand trägt, ist schneeweiss; Herwigs von wolkenblauer Seide mit Seeblättern; Ortwins trägt aufrechtstehende Schwertspitzen. Gerlinde rät dringend, gegen diese gewaltige Macht sich nicht ins Freie zu wagen, sondern nur von oben herab Steine zu schleudern und mit Armbrüsten zu schiessen; sie selbst erbietet sich, Steine von unten herauf zu schleppen. Aber unmutig weist der ritterliche Hartmut sie an das, was ihres Amtes: ihn drängt es zum offenen Kampf in der Ebene.

Die Schlacht. Nun beginnt Wate sein Horn zu blasen: „man hört' es längs dem Strand von seinen Kräften tönend auf dreissig Meilen klingen.“ Und wie er zum dritten Male bläst, da wallen die Meereswellen, es wankt der Ufergrund, die Ecksteine wollen aus den Mauern springen. Der Sturm bricht los. — Hartmut verwundet Ortwinen, Horand will diesen rächen, aber auch er wird verwundet. Da treffen die Todfeinde Herwig und Ludwig auf einander. Jener wird niedergeschlagen, aber seine Mannen helfen ihm wieder auf; schamerfüllt blickt er empor, ob Gudrun ihn sehe: „Ach! wie ist mir geschehn! Wenn das meine Fraue Gudrun hat gesehn — Erleben wir es jemals, dass ich sie soll umfahen, Sie wird mit Spott es wehren, will ich ihrem Brautbette nahen.“ Da sammelt er alle seine Kraft, verfolgt Ludwig und schlägt ihm das Haupt herunter.

Damit ist die Schlacht zu Gunsten der Hegelingen entschieden. Hartmut will nun die Seinen in die Burg zurückführen: zwar weiss er noch nichts vom Tode seines Vaters, aber drinnen hat der Wächter die erschütternde Kunde gemeldet, und so schallt von dorther Schreien und Wehklagen, das ihm schlimme Ahnungen einflösst. Das Burgtor aber ist vom riesigen Wate besetzt. „O weh", ruft Hartmut, „soll der hier Pförtner werden, viel Gutes mag ich ihm nicht zugetrauen." Aber seinen Rittern befiehlt er dann: „Steigt nieder zu der Erden und hauet heisses Blut aus den lichten Ringen", und so wirft er sich mit seiner Schaar auf den alten Recken, den er trotz seiner ungeheuren Stärke tapfer besteht. Aber auch in anderer Weise wird Hartmuten hier Gelegenheit zur Bewährung ritterlicher Tugend. Da Gerlinde den Tod des Königs vernommen hat und nun den Untergang aller vor Augen sieht, will sie wenigstens nicht ungerochen fallen: mit vielen Versprechungen dingt sie einen Diener, der die verhasste Gudrun durchbohren soll. Die Jungfrau schreit aber entsetzt auf beim Anblick des nahenden Mörders: Hartmut, der vom Kampf mit Waten einen Augenblick ruht, erkennt die Stimme der Geängsteten, blickt auf und scheucht mit Donnerworten den heimtückischen Frevler zurück. Dann nimmt er den Streit gegen Waten wieder auf. — Der geistvolle Plönnies zwar, der in dieser Episode wieder eine abgeschmackte Interpolation sieht, geisselt den vermeintlichen Urheber derselben mit besonders boshaftem Spotte; aber abgesehen von der etwas ungeschickten Darstellung, die überall unserem Dichter eigen ist, wüsste ich doch auch gar nichts an dieser Scene zu tadeln. Ist es nicht sehr wohl denkbar, ja selbstverständlich, dass in dem furchtbaren Zweikampf Watens und Hartmutens, in welchem sie einander solange die Wage halten, eine Pause eintritt? und konnte in einer solchen Hartmut nicht einen Schrei von oben vernehmen und hinaufrufen, wie wir sogleich im folgenden Aehnliches sehen? und war es nicht

Kampf am Tore.

Gudruns Rettung durch Hartmut.

psychologisch natürlich, dass Gerlinde ihre Todfeindin Gudrun nicht die Früchte des Sieges kosten lassen wollte? und war nicht in der poetischen Oekonomie des Ganzen die Rettung Gudruns durch Hartmut notwendig, um die sogleich folgende Intervention zu seinen Gunsten zu motivieren? In der Tat, es wäre passender gewesen, wenn Plönnies hier seinen Spott zurückgehalten hätte.

Hartmuts Rettung durch Gudrun.

Hartmut nimmt also den grimmigen Kampf mit Waten wieder auf. Da eilt die lieblich weiche Ortrun, die so eben die Kunde vom Tode ihres Vaters gehört hat, zu Gudrun und wirft sich mit rührender Klage ihr zu Füssen. „Gedenke, wie dir zu Mute war, als man deinen Vater erschlug. Nun sieh, mein Vater und meine Freunde sind todt: würde mir auch mein Bruder Hartmut erschlagen, so wär' ich ganz eine Waise. Vergilt nun alle Liebe, die ich dir erwies, und rette meinen Bruder." Gudrun, selber noch von Dankbarkeit gegen Hartmut durchdrungen und gerührt von dem Schmerz ihrer Freundin, erwidert: „Wär' ich nur ein Recke, dass ich Waffen trüge, so würde ich selbst deinen Bruder von Waten scheiden." Da gewahrt sie von oben Herwig, winkt ihn heran und bittet ihn, die beiden Kämpfer zu trennen. Herwig will die Bitte erfüllen, der alte Wate aber weigert sich darauf einzugehen, und da jener dennoch zwischen die Kämpfenden springt, versetzt er ihm einen Schlag, dass er hintaumelt. In dem Getümmel aber, das darob entsteht, wird Hartmut gefangen genommen.

Watens Toben.

So gewinnt Wate das Schloss mit grimmem Stürmen. Horand pflanzt Hildens Banner auf der Zinne auf. Blut fliesst überall, Wate mordet auch die Kinder: „denn, ruft er, sollten die erwachsen, ich wollt' ihnen wahrlich nicht besser traun als einem wilden Sachsen." Gudrun nimmt ihre Freundin und eine Menge von deren Mägden und Dienern in Schutz. Als aber auch Gerlinde sich ihr zu Füssen wirft und sie anfleht, sie vor Waten und seinen Mannen zu schützen, da weist sie strenge sie ab: „Ihr habt mir keine Bitte je gewährt auf Erden; ihr wart mir ungnädig: wie sollte nicht mein Herz euch abhold werden?“ Da wird der alte Wate der zitternden Königin gewahr; „mit knirschenden Zähnen, mit blitzend scharfen Augen, mit ellenbreitem Barte“ springt er heran, schleppt die zusammengebrochene Gerlind hinaus mit den Worten „nun soll meine Jungfrau nimmermehr eure Kleider waschen“ und schlägt ihr das Haupt ab. Dann sucht er Hergart, die ungetreue; man fleht „schenkt ihr doch das Leben“, aber der mordlustige Recke ruft „das kann nicht sein, hier bin ich Zuchtmeister“ und er legt der Verräterin das Haupt vor die Füsse. Auch die Burg will Wate, der wie ein Rachedämon tobt, verbrennen, aber Frute wehrt es; er heisst die Todten hinaustragen, das Blut abwaschen und übergiebt Horanden die Frauen zur Obhut.

Jetzt geht es heim gen Hegelingen. Vorausgesandte Boten bringen die frohe Kunde. „Frau Hilde hatte nimmer vernommen liebre Märe, Als sie ihr das sagten, dass König Ludwig erschlagen wäre.“ Aber nachdem das Rachegefühl befriedigt ist, hat sie keine dringlichere Frage als: „Wie lebt meine Tochter und ihre Mägdelein?“ Und als sie Gudrunen selbst umfängt, da „hätte alles Gold der Welt ihnen nicht die Freude aufgewogen, da sie einander küssten.“ Dankbar neigt sie sich vor dem gewaltigen Wate und küsst ihn, ebenso ihren Ortwin. Als aber auch Ortrun ihr vorgeführt wird, sie zu bewillkommnen, wendet sie sich strenge von der Tochter ihres Feindes ab, und erst Gudruns Bitten und Tränen vermögen endlich ihren Zorn zu mildern, sodass sie jene umarmt. Hartmut aber wird in Ketten geworfen und erst nach einigen Tagen, da Ruhe eingetreten ist, erreichen die Frauen durch ihre vereinigten Bitten soviel von der Königin, dass er und die anderen Geiseln frei umhergehen und zu Hof kommen dürfen. Durch seine Schönheit und sein bescheidenes Auftreten gewinnt er sich die Herzen Aller, und unsere Hoffnung steigt, dass der ritterliche König auch vor den Au-

Heimfahrt.

gen der strengen Hilde Gnade finden werde. Bald folgt nun als fröhliche Schlussscene des Ganzen die Vermählung Herwigs und Gudruns. Beim festlichen Mahle nimmt die glückliche Braut, die alles um sich her ganz glücklich sehen möchte, ihren Bruder bei Seite und stellt ihm vor, wie wohl er beraten wäre, wenn er die liebliche Ortrun heirate. Nach manchen Bedenken willigt er ein; Hilde streubt sich zwar, aber Herwig und Frute überreden sie endlich. „Denn", sagt der Letztere, „der Hass, den wir trugen, soll versöhnet sein". Mit dieser Doppelheirat hat wohl die echte Sage geschlossen; unser Dichter aber, der in Schilderung der Festlichkeiten sich und seinen naiven Zuhörern nicht genug tun kann, lässt auch noch Hartmut mit der treuen Hildburg sich vermählen, und um selbst seinen Mohrenkönig Siegfrid nicht leer ausgehen zu lassen, zaubert er eine bis dahin völlig unerwähnt gebliebene Schwester Herwigs herbei, die er ihm zur Gemahlin giebt.

Versöhnung.

So schliesst das Gedicht in Herrlichkeit und Freuden: aus der vollen Versöhnung der feindlichen Geschlechter und dem Verzicht auf weitere Blutrache leuchtet schon das Morgenrot des Christentums. Die Heidenwelt war an ihrem Ende, als die Sage diese milde und schöne Fassung annahm.

Dritter Vortrag.

Ich habe Ihnen also eine Uebersicht über den Inhalt der herrlichen Dichtung gegeben und Sie dabei in den Stand zu setzen gesucht, Sich selbst ein Urteil darüber zu bilden, inwieweit diese oder jene von der modernen Kritik verdächtigte Partie der echten Sage angehören könne oder nicht. Jetzt ist es unsere Aufgabe, in die urältesten Zeiten zurückzugehen und, soweit es möglich ist, Entstehung und Fortbildung der Heldensage von Gudrun zu ergründen, dann aber das Verhältniss des mittelalterlichen Dichters zu der ihm vorliegenden Ueberlieferung nach Gründen innerer und äusserer Wahrscheinlichkeit zu bestimmen und endlich die Berechtigung der Müllenhoff-Plönniesschen Scheidekunst zur Verdammung des grössten Teils des uns überkommenen Gedichtes sorgfältig zu prüfen.

Charakter der Heldensage.

Die Dichtungen, welche die Heldensage überliefern, sagt W. Grimm, stamme sie woher immer, unterscheiden sich zwar durch grosse Verschiedenheit des Inhalts wie der Darstellung, dennoch aber geht ein verwandter Geist durch alle hin und lässt uns eine gemeinsame Natur erkennen. Wunderbare Werke ungenannter Dichter, erfüllt von reinster Poesie, schlicht und zwanglos, tiefsinnig und unausmessbar, bewahren sie das Bild eines jugendlich in unverletzter Sitte kraftvoll blühenden Lebens. Sie verkündigen zugleich den Untergang dieser Herrlichkeit, und es scheint nicht, als ob spätere, wenn auch in anderer Hinsicht geistig begabte Zeiten, in welchen jener einfache Zustand und das Gefühl frischer Jugend geschwunden ist, fähig seien, Werke dieser Art hervorzubringen.

Verschiedener Ton des griechischen und des deutschen Epos.

Diese Worte W. Grimms gelten freilich in ganz anderem Sinne von Ilias und Odyssee, als von Nibelungen und Gudrun: denn während jene wesentlich so, wie sie jetzt vorliegen, in einer Zeit entstanden sind, die an der Grenze des hellenischen Heroentums lag und noch den Geist desselben atmete, sind Nibelungen und Gudrun nach alten Heldenliedern in einer Zeit redigiert, die von dem Geist des Heroentums schon infolge der tiefgreifenden Umwandlung durch das Christentum innerlich unendlich weit entfernt war und darum die reine Poesie jenes „jugendlich in unverletzter Sitte kraftvoll blühenden Lebens" bei weitem nicht mit derselben Unmittelbarkeit und Sicherheit wieder zu geben vermochte, wie es die homerischen Gesänge tun. Die griechischen Epopöen tragen das Gepräge einer in jeder Beziehung vollkommen einheitlichen Weltanschauung, sie sind die höchste Kunstblüte einer Periode, in welcher noch der König und der Hirte an derselben Bildung teilhatten: die deutschen haben im wesentlichen ihre Gestaltung gewonnen in einer Zeit, welche tief in sich entzweit war und, weil sie Gott und Natur als feindlich einander gegenüberstehende Mächte schaute, bald dem Ideal des himmlischen, bald dem des weltlichen Rittertums nachging, in den höheren Ständen mit Vorliebe an ausländischen Stoffen und Ideen sich erfreute, in den niederen dagegen der einheimischen Volkssage ein mehr und mehr verkümmerndes Nachleben fristete; die deutschen Epopöen sind eben erst lange nach dem Untergang der heroischen Herrlichkeit entstanden und geben uns darum von ihr nur ein unklares und vielfach verschobenes Bild. Diesen überaus wichtigen Unterschied hätten unsere gelehrten Forscher viel mehr beachten und betonen sollen, als sie getan haben.

Charakter des Heroentums.

Aber darin hat W. Grimm jedenfalls Recht, dass das Heroentum, wie es in Ilias und Odyssee klar vorliegt und in Nibelungen und Gudrun durch die Nebelhülle noch erkennbar ist, überall im wesentlichen als dasselbe sich zeigt.

Helden von unermesslicher Körperstärke und Tatkraft und von unerschütterlicher Festigkeit des Willens offenbaren eine Einfalt des Gemütes, wie wir sie jetzt nur bei unseren Kindern wahrnehmen: ihr sittliches Verhalten geht ebenso wie die unbewusst geübten körperlichen Functionen aus einer Art von Naturnotwendigkeit hervor und überrascht und erfreut uns deshalb durch eine unvergleichliche Sicherheit und Consequenz, ihr Weltbewusstsein aber ist noch ein so wenig auf Reflexion beruhendes, so unmittelbares, dass mit der grössten Unbefangenheit z. B. Odysseus vor den Phäaken sich rühmt „Ich bin Odysseus, der Laertiade, nach dem alle Menschen neugierig fragen und dessen Ruhm bis an die Sterne reicht“ oder Hagen alle um seine Tochter werbenden Boten hängen lässt, weil es von Seiten des übrigen Menschenpöbels Frechheit sei, auf Verschwägerung mit ihm Anspruch zu machen. Nehmen wir dazu den einfachen Weltzustand, wo fern von aller prosaischen Teilung der Arbeit jeder der ganze volle unabhängige Mensch und darum eine echt poetische Erscheinung ist, dass z. B. Odysseus sich selbst sein Bett zimmert oder der alte Wate die Heilkunst ausübt, und betrachten wir die frohe Lebenslust, die im kindlichen Alter der Welt aus jedem Auge stralt, sodass unser Gemüt beruhigt und erheitert wird, als wären wir inmitten einer spielenden Kinderschaar, so begreift es sich leicht, warum jedes Heroentum, wie verschieden auch nach der Völkerindividualität geartet, gleichmässig einen unwiderstehlichen Zauber auf alle gesunden Menschen ausübt und eben durch seine Poesie ergreift und rührt und erhebt.

Und weiter sind auch darin die Heldensagen aller Völker einander verwandt, dass in ihnen die ältesten religiösen Anschauungen in mythischer Form so zu sagen krystallisiert sind. Denn in allen jenen ursprünglichsten Dichtungen sind Sage und Mythus mit einander verwebt und oft so innig verschlungen, dass es für die wissenschaftliche Kritik ungemein schwierig ist beide zu entwirren. Dennoch ist es eine lohnende und erfreuliche Arbeit, nach gewissen Kennzeichen beide Fäden zu verfolgen und in der Nachweisung von Mythen und ihrem Ideengehalt zur Erkenntniss der immer hochpoetischen religiösen Anschauungen der Vorzeit hinzuführen.

Sage und Mythus.

Während wir nämlich unter Sage im eigentlichen Sinne des Wortes die nicht urkundlich beglaubigte, sondern nur in mündlicher Tradition fortgehende und deshalb immer mehr und mehr phantastisch ausgeschmückte Erzählung von menschlichen Grosstaten oder natürlichen Begebenheiten verstehen, die Sage also immer einen wenn auch noch so geringen geschichtlichen Kern hat, ist der Mythus dagegen die älteste bloss aus der Phantasie hervorgegangene Dichtung der Völker, die jedoch immer eine religiöse oder physikalisch-ethische Wahrheit enthält. Im kindlichen Zeitalter jedes Volkes waltet ja immer die Phantasie vor, die übrigen Geisteskräfte sind ihr untergeordnet, während in unserer Zeit der zersetzende oder kritische Verstand die übrigen Geisteskräfte beherrscht. Was wir also in Form von Begriffen bringen, das schaut die jugendliche Phantasie eines Volkes, und zwar desto mehr je begabter es ist, in concreten Gestalten. In allen Naturkräften, in denen wir die ewig unwandelbaren Gesetze zu erfassen suchen, sah jene lebendig wirkende Gottheiten, bei grösserer sittlichen Reife aber zugleich die Repräsentanten analoger ethischen Wahrheiten. So erblickten die ältesten Griechen z. B. in den Erinyen oder Eumeniden die zürnenden Erdmächte, die bei einer Störung der physikalischen Weltordnung Misswachs, Ueberschwemmung und Seuche heraufsandten; aber in einer Zeit der sittlichen Verfeinerung wurden sie zugleich die Vertreterinnen und Rächerinnen der ethischen Weltordnung, deren ruchlose Zerrüttung namentlich bei jeder Impietät gegen die Eltern sie unerbittlich verfolgten, um auch hier das Gleichgewicht wieder herzustellen. Treffend bezeichnet unser Schiller diese Anschauung in den schönen Worten:

Da der Dichtung zauberische Hülle
Sich noch lieblich um die Wahrheit wand —
Durch die Schöpfung floss da Lebensfülle,
Und was nie empfinden wird, empfand.
An der Liebe Busen sie zu drücken,
Gab man höhern Adel der Natur;
Alles wies den eingeweihten Blicken,
Alles eines Gottes Spur.

Wo jetzt nur, wie unsre Weisen sagen,
Seelenlos ein Feuerball sich dreht,
Lenkte damals seinen goldnen Wagen
Helios in stiller Majestät.
Diese Höhen füllten Oreaden,
Eine Dryas lebt' in jenem Baum,
Aus den Urnen lieblicher Najaden
Sprang der Ströme Silberschaum.

So ist es. Die Welt bevölkert sich für die jugendliche Phantasie mit zahllosen lieblichen oder furchtbaren, aber stets übermenschlichen Gestalten, denen zwar keine Wirklichkeit, wohl aber Wahrheit inwohnt. Nur ist die Wahrheit hier noch in die sinnliche Form der Schönheit eingehüllt; von dem mythenbildenden Volke wird sie unr dunkel geahnt, nicht klar erkannt. Die Wahrheit eines Mythus reicht also immer viel weiter, als das ihn schaffende Zeitalter versteht. Erst eine reflectierende und philosophisch gebildete Periode vermag die in den Mythen liegenden ewigen Wahrheiten völlig ihrer sinnlichen Umhüllung zu entkleiden und so eine Wissenschaft der Mythologie zu schaffen. Andrerseits ist aber ein solches Zeitalter unfähig neue Mythen zu bilden, es fehlt ihm dafür die notwendige Voraussetzung, gläubige Anschauung: denn die Allegorie, die jemand versucht sein könnte als gleichbedeutend mit Mythus zu fassen, ist nur ein sinniges Spiel des Verstandes und der Reflexion.

Deutung der Mythen und der Heldensagen.

Giebt sich nun ein Mythus der Vorzeit deutlich als solchen zu erkennen, indem er von göttlichen oder überirdischen Wesen spricht, wie z. B. der von Prometheus oder der von Freya, so ist die Mythologie berechtigt und verpflichtet, auf die Blosslegung seines religiös-philosophischen Kernes, des in ihm enthaltenen Gedankens, auszugehen. Oft aber ist auch ein Mythus scheinbar zur Heldensage geworden d. h. im Verlauf der Zeit hat ein Volk die ursprünglich göttlichen Gestalten vermenschlicht, namentlich dann, wenn eine von aussen eingewanderte Gottheit die mit ihr concurrierende einheimische auf einen niedrigeren Standpunkt herabdrückte; so z. B. sind Siegfried und Brynhilde, von welchen die Nibelungensage als von leibhaftigen, nur wunderbar begabten Menschen erzählt, unverkennbar im Glauben unserer Väter einst Götter gewesen, in deren Kampf und Vermählung sie den Naturprocess der von der Sonnenwärme überwältigten und befruchteten Erde sahen. In derartigen Heldensagen hat also die Wissenschaft nicht minder den mythischen Kern, den Gedankengehalt, aufzuspüren. Wenn aber in neuerer Zeit manche Forscher allzu eifrig in aller und jeder Sage nicht einen geschichtlichen, sondern einen religiösen Kern suchen und, wie unser Forchhammer z. B., in den sämmtlichen Gestalten der Ilias incarnierte Naturkräfte sehen, als ob Homer nicht ein Heldengedicht, sondern ein illustriertes physikalisches Lehrbuch geschrieben hätte, so ist dagegen der entschiedenste Protest zu erheben, damit sich nicht das, was wirklich Fleisch und Bein gewesen ist, zu leeren Hirngespinsten verflüchtige. Masshaltende Forscher werden sich vielmehr die Grenzlinie setzen, dass sie nur solche Sagengestalten mythisch deuten, denen noch übermenschliche, an ihre einstige Göttlichkeit erinnernde Züge anhaften, oder welche in nahe verwandten Mythologien mit gleichen Attributen, aber zur Göttlichkeit potenziert, erscheinen; in allen anderen Sagen aber wird man den geschichtlichen Kern zu ergründen haben.

Nibelungenlied. Das anschaulichste Beispiel von Durchdringung der geschichtlichen Sage mit mythischem Gehalt giebt uns der Nibelunge Not. Hier sind die ungeheuren Begebenheiten der Völkerwanderung, wie der geschichtliche Untergang der Burgundionen, und die Gestalten eines Attila und Theodorich noch deutlich zu erkennen, obgleich alles vom goldenen Duft der Sage umwoben ist: mit diesen geschichtlichen Tatsachen aber ist der bei den Franken als Heldensage lokalisierte Mythus von Siegfried und der mit Brynhilde ursprünglich identischen Kriemhild so zur organischen Einheit verwachsen, dass éin Grundgedanke, wie Himmel und Hölle in des Weibes Brust liegen und das durch Tücke vergiftete liebevollste Herz den entsetzlichsten Hass in sich zeitigt, oder wie rechte Liebe und rechter Hass identisch sind, die Seele des ganzen wundervollen Gebildes ist. Solche Verknüpfungen gehen aber nie aus der Willkür einzelner Dichter hervor, sie vollziehen sich gewissermassen instinktiv und notwendig im Bewusstsein eines ganzen Volkes, sodass schliesslich der einzelne nur ausspricht, was alle schon gewusst haben. Denn gleichwie die Sprache nicht von der Willkür einzelner abhängt, sondern als organisches Gebilde sich entwickelt, wächst und abstirbt, so ist auch die Mythenbildung und Sagendichtung so zu sagen Gottes Werk, das sich in der Gesammtheit einer Völkerindividualität ohne willkürliche Zutat einzelner Menschen vollzieht.

Versuchen wir nun in unserer Gudrundichtung Sage und Mythus von einander zu scheiden, so finden wir zunächst in der Entführungs-, Leidens- und Erlösungsgeschichte der eigentlichen Heldin auch nicht einen einzigen Zug, der auf Mythisches hindeutete. Gudrun ist eine herrliche volle Menschengestalt, von echt heroischem Hochsinn, stolz und mutig, fest und sicher in allem Wollen und Fühlen, dabei trotz aller reizenden Keckheit und alles kindlichen Mutwillens doch von zartester Weiblichkeit: sie ist nicht die bloss dichterische Verkörperung einer Idee, sie ist ein in die Wirklichkeit getretenes, Fleisch und Blut gewordenes Weib, so individuell gezeichnet, wie niemals ein mythisches Wesen. Das einzige an ihr, das auf

Gudrun nicht mythisch.

Symbolik hindeuten könnte, wäre ihr Name: Gudrun bedeutet „die Kampfraunende"; aber Namen haben immer eine Bedeutung, sodass wir mit demselben Recht wie Gudrun jeden Friederich und Christian für Mythen ausgeben könnten. Auch in ihren Schicksalen findet sich kein einziger übermenschlicher Zug; sie entwickeln sich nach sicheren psychologischen und ethischen Gesetzen. Ebenso wenig aber kommt in der der unsrigen so nahe verwandten skandinavischen Mythologie eine zur Göttin potenzierte Gudrun vor. Wenn also der geistvolle Plönnies in unserem Gedicht einen Mythus der ewig sehnsüchtigen Liebe sieht, entsprechend dem antiken von Amor und Psyche (der übrigens gar nicht ein Mythus ist, sondern ein sinnreiches allegorisches Spiel verständiger Zeiten, in welchen sich griechische und römische Bildung schon durchdrungen hatten), so ist das ebenso wenig berechtigt, als wenn A. Schott in Gudrun die Blumenjungfrau erblickt, die von winterlichen Gottheiten entführt und in Haft gehalten, von der erlösenden Sonne aber zurückgebracht wird. Wir haben vielmehr in der Dichtung von Gudrun eine Sage im eigentlichen Sinne des Worts zu sehen, es steckt ein geschichtlicher Kern darin. Ist es ja doch auch zu natürlich und dazu durch geschichtliche Zeugnisse beglaubigt, dass unsere heidnischen mehr sinnlichen als grübelnden Vorfahren eine grössere Freude daran fanden, die Taten und Erlebnisse der Väter in Liedern zu feiern (denn darin war ein realer Stoff, der den patriotischen Stolz anregte, darin die individuellste Gestaltung, darin eine lebendige Fortbewegung), als die verhältnissmässig unbeweglichen geschichtslosen sich ewig gleich bleibenden mythischen Wesen zu besingen.

Kern der Gudrunsage.

Suchen wir also den geschichtlichen Kern unserer Gudrunsage zu ergründen, so werden wir mit Notwendigkeit auf das neunte Jahrhundert unserer Zeitrechnung geführt. Damals unter der schlaffen Regierung der Nachfolger Karls des Grossen mochte sich ein unabhängiges

Friesenreich längs der Küste der Nordsee in beträchtlicher Ausdehnung, wenn auch natürlich mit stets wechselnden unsicheren Grenzen, behaupten; gleichzeitig aber machten die Dänen und die Norweger unablässige Raubzüge dorthin und setzten sich zeitweilig an den Ufern und den Mündungen der Schelde und der Waal fest, bisweilen unter der Hoheit friesischer Seekönige, bisweilen selbständige Reiche gründend. In dieser Zeit mag eine friesische Fürstentochter, Namens Gudrun, von Normannen geraubt und misshandelt, nach schweren Drangsalen aber in glänzender Bewährung ihrer Treue gegen den Verlobten von ihren Stammgenossen in Verbindung mit Dänen wieder befreit sein. Die Verhältnisse aber, in welchen die unserer Dichtung zu Grunde liegende Begebenheit gespielt hat, sind natürlich ausserordentlich viel kleinlicher und beschränkter gewesen, als wie die alles vergrössernde Sage sie darstellt: es versteht sich von selbst, dass in jenen dunklen und unsicheren Zeiten es nicht namenlose Königreiche gegeben hat, die für verschiedene Heerfahrten viele Tausende von Teilnehmern stellen konnten. Und wie die Sage die Zahl der Kämpfer, der Schiffe, überhaupt aller Hülfsmittel ins Riesige übertrieben hat, so wird sie auch den Schauplatz der Begebenheit gewaltig erweitert haben. So versteht sie unter der oft genannten Normandie ohne Zweifel das unter diesem Namen in Frankreich gegründete Herzogtum (der oberländische Dichter deutet das Wort, wie es scheint, sogar auf das heutige Norwegen, wenn er die Normannen an Ortland, d. h. wohl Jütland, vorüberfahren lässt): doch klingt noch im Namen von Ludwigs Burg Kassiane eine Erinnerung an die ursprüngliche Beschränktheit des Locals durch. Denn höchst wahrscheinlich ist „Kassiane“ im mittelalterlich französierenden Geschmacke nur verdreht aus dem niederländischen „Cadsant“, das alte Urkunden in der Nähe der Scheldemündung nachweisen: in Wirklichkeit wird also die Normandie, in welcher Gudrun gelitten hat, eines jener kleinen normannischen Reiche an der holländischen Küste gewesen sein, die in raschem Wechsel entstanden und vergingen. Ebenso ist das Dänenland, aus dem Horand und Frute kommen, nicht etwa das heutige Dänemark, sondern unter jenen ephemeren kleinen Königtümern an der Schelde zu suchen. Uebrigens machen die geographischen Bezeichnungen in unserem Gedichte, auch abgesehen von der phantastischen Hereinziehung orientalischer Namen, um soviel mehr Schwierigkeit, als der oberländische Dichter, ohne eigene Kenntniss des Terrains, um das es sich handelt, äusserst willkürlich und in der naivsten Sorglosigkeit damit schaltet.

Mythische Bestandteile der Dichtung.

Mit jener geschichtlichen Sage aber von der Entführung und der Befreiung Gudruns haben sich mythische Elemente aufs innigste verschmolzen. Am wenigsten als solches zu verkennen ist Wate, von welchem englische und nordische Mythen zu erzählen wissen. Wenn er in unserer Dichtung immer der Held von Stürmen heisst, so ist er zwar geographisch bei den Sturmarii oder Stormarn fixiert, aber es scheint in dieser Bezeichnung noch eine Andeutung zu liegen, dass die tobenden Stürme sein eigentliches Lebenselement sind. Und wenn nun noch weiter die bedeutungsvollen an übermenschliche Gewalt erinnernden Züge vorkommen, dass er der Heilkunst mächtig ist, die er von einem wilden Weibe, einer weissagenden Meerjungfrau, erlernt hat, dass sein Horn dreissig Meilen längs der Küste schallt und dass, wie er zum dritten Male bläst, die Meereswogen wallen, der Ufergrund wankt und die Ecksteine aus den Mauern springen wollen, so ist es fast gewiss, dass wir in ihm die mythische Verleiblichung der tobenden Flut zu sehen haben, die an den Küsten der Nordsee so entsetzliche Verheerungen anzurichten vermag. Darauf deutet auch sein Name: Wate ist der hin- und herwatende Meerriese, der Ebbe und Flut hervorbringt und auf seinem Rücken Lasten durch das Meer trägt. So erklärt es sich, warum er in unserer Dichtung den ellenbreiten Bart hat (das ist der Schaum der langgestreckten Wogen) und warum er bei der Erstürmung der Normannenburg mit einer wahren Berserkerwut haust. Dass er trotz dieser Wildheit eine gewisse Gutmütigkeit und eine Art von unbeholfenem Humor hat, ist die Folge seiner Riesennatur und seiner ungeheuren körperlichen Ueberlegenheit, die mit den Menschenkindern, wenn sie nicht gereizt wird, herablassend spielt.

Auch sein Genosse Frute ist eine ursprünglich mythische Gestalt. Die wesentlichsten Züge, die ihm in unserer Dichtung anhaften, sein listiges Auftreten als Kaufmann, seine grenzenlose Freigiebigkeit, seine Neigung, stets den Frieden zu vermitteln, endlich auch sein Name lassen ihn als identisch erscheinen mit dem in der nordischen Sage hochgefeierten Frodi, unter dessen Regiment Frieden in der ganzen Welt herrschte und die Sicherheit so gross war, dass ein Goldring lange Zeit unberührt auf der offenen Haide lag. Er liess sich vom Schwedenkönige zwei Riesenmägde Fenja und Menja [4]) kommen, und diese mahlten ihm auf der Mühle Grotti Glück und Frieden und Gold. Das letztere hatte er in solchem Ueberfluss, dass er (wie Saxo vom König Frotho erzählt) seine Speisen mit Goldstaub vermischte. Aber seine Unersättlichkeit war sein Verderben; unablässig liess er die Riesenmägde Gold mahlen und nur solange gönnte er ihnen Ruhe, als der Gauch schwiege oder sie ein Lied sängen. Da sangen sie aber einst ein Lied, während dessen sie ihm ein feindliches Heer mahlten, das ihn überfiel und tödtete und grosse Beute machte. So machte das vom Frieden geborene Gold dem Frieden ein Ende: die Ueppigkeit, die aus der behaglichen Ruhe stammt, vernichtet sich selbst. — Bedenken wir nun die unzweifelhafte Identität Frodis mit Freyr, dem „nützen“ Sohne des Njördr, der nach der Edda den Gang des Windes beherrscht und Meer und Feuer stillt, den man zur See und bei der Fischerei anruft, und der so reich ist, dass er allen seinen

Verehrern die Fülle des Gutes erteilt, so können wir in Frodi denjenigen Frieden nicht verkennen, der auf dem beruhigten Meere lagert, und Frodi ist der Repräsentant der friedlichen See, die durch Handelsschiffahrt Reichtum und Wohlstand mehrt und namentlich die köstlichste aller Waaren, den Goldstaub, herbeiführt, doch eben durch das Gold die bösen Leidenschaften reizt und so dem Frieden wieder ein Ende macht. Dieser Friede ist also nur ein trügerischer, wie auch niemand dem ruhigen Meere trauen darf: es ist das listig verlockende Element. So erklärt es sich, warum in unserer Dichtung der uralte Mythus den milden Frute und den wilden Wate stets unzertrennlich verbunden hat, und warum Frute in Irland vor Hildens Entführung als der mit Gold masslos freigebige Kaufmann auftritt, warum er ferner auf dem Wülpensand nach der heimlichen Flucht der Normannen Wind und Wellen prüft, ob die Feinde noch einzuholen seien, warum er endlich überall die listigen Ratschläge giebt.

Haben wir nun aber Waten und Fruten als eigentliche Meergötter erkannt, so liegt die Vermutung nahe, dass auch der dritte in dem Entführerkleeblatt, der durch seinen süssen Gesang alles entzückende und berückende Horand, ein Meeresdämon ist. Musik ist überhaupt die besondere Kunst der Elfen und der Wassergeister: eben das melodische Rauschen der Flut, das Glucksen der sich brechenden Wellen ist die elementare Musik. Und von unserem Horand heisst es ja in der Dichtung ausdrücklich, dass er eine Weise sang, die nie jemand lernt, der sie nicht erlauschet auf wilden Meereswellen. Horand wird also, obwohl es noch nicht gelungen ist seinen Namen zu deuten (die Endung giebt ihn als ein Participium zu erkennen), das brausende, rauschende und wiederum leise flüsternde und glucksende Meer, das elementare Forte-piano, sein.

Aber auch die von Irland entführte Hilde, die in unserer Dichtung zu Gudruns Mutter gemacht wird, ist mythischer Natur, wie aus der folgenden Erzählung der Edda hervorgeht. Hedin (d. h. Hettel), Sohn Hiarrandis (d. h. Horands), entführt Hilde, die Tochter König Högnis (d. h. Hagens). Der Vater segelt ihnen nach, erreicht sie auf einer Insel, und es soll zum Kampfe kommen. Da bietet Hilde ihm ein Halsband zum Vergleich an. Högni aber verwirft den Vorschlag, weil er sein Schwert Dainsleif, das von den Zwergen geschmiedete, das Blut kosten muss, ehe es in seine Scheide zurückkehrt, bereits gezückt hat. Es kommt also zur Schlacht zwischen Hagen oder Högni und den Hiadningern (die sich zu Hedin verhalten wie die Hetelingen zu Hettel). Erst die Dämmerung macht dem Kampf ein Ende. Aber in der Nacht geht Hilde auf den Walplatz und erweckt die Todten und so in jeder folgenden Nacht wieder, und jeden Morgen erneut sich die Schlacht, die da fortwähren soll bis zur Götterdämmerung.

Dass dieser Mythus identisch ist mit der in unserer Dichtung erzählten Entführung Hildens und dem darauf folgenden Kampf zwischen Hagen und Hettel auf Waleis, ist nach dem Gleichklang der drei Namen und der Aehnlichkeit der Begebenheiten unzweifelhaft: klingt doch in der Bitte Hildens, die sie an den heilkundigen Wate richtet, ihren Vater und alle seine im Staube liegenden Helden zu retten, noch eine dunkle Erinnerung durch an die Zauberin Hilde, welche Nachts auf dem Walplatze die Todten wieder belebt. Die Idee jenes Mythus aber zu ergründen, bietet uns das Halsband, das Hilde ihrem erzürnten Vater geben will, den Schlüssel. Dies Halsband kommt eigentlich der Freya zu, die ebenso wie Hilde eine der Walkyrien Odins ist. Hilde ist also hier, wie davon auch anderswo Spuren vorkommen, identisch mit Freya. Die letztere aber ist die Göttin der Liebe, weil sie als Erdgöttin die schöne Jahreszeit repräsentiert: das Halsband ist erwiesenermassen der mythische Ausdruck für den Laub- und Blumenschmuck, den der Frühling trägt. Wenn demnach der milde weiche Hedin oder Hettel dem wilden und grimmigen Högni oder Hagen die schöne Jahreszeit raubt (nach unserer Dichtung mit Hülfe Horands, der melodisch rauschenden Meereswelle) und es darüber zum endlosen Kampf zwischen Vater und Gemahl kommt, so meine ich den Mythus mit ziemlicher Gewissheit so zu deuten, dass die weichen Frühlingslüfte, die aus dem Meer geborenen Westwinde (darum heisst hier Hedin der Sohn Hiarrandis), die schöne Jahreszeit herbeiführen, die bis dahin in der Gewalt des eisigen Winters gedacht wird, dass aber zwischen den Frühlingswinden und den eisigen Nordstürmen dann der Aequinoctialkampf entbrennt, der an jedem Tage sich von neuem erhebt [5]). Jeder physikalische Mythus aber hat zugleich einen gewissen ethischen Gehalt; denn für ein nicht reflektierendes phantasievolles Naturvolk sind die natürliche und die sittliche Welt nicht von einander geschieden, die letztere ist ihm vielmehr nur ein Teil der ersteren und durch ihre Gesetze bedingt. So bedeutet hier das ewige Wiederaufleben und Kämpfen der Todten zugleich die nie endende Blutrache, die bis zum Untergang alles Lebens fortrast, weil jedem Gefallenen sein Rächer erweckt wird, aus seinem Blute ein neuer Kämpfer erwächst. So gefasst, erscheint Hilde in diesem Mythus als die echte Walkyrie, die Schlachtenjungfrau, die natürlich nur einem überaus kriegerischen Volke mit der schönen Jahreszeit und der Liebe identisch sein kann. In unserer Dichtung aber klingt hin und wieder noch unverkennbar jene dämonische Rachelust Hildens durch.

Genug nun aber der ebenso gefährlichen und schlüpfrigen wie verführerischen Mythendeutung. Um jedoch Missverständnisse zu vermeiden, bemerk' ich ausdrücklich, dass in jener Zeit, als diese Mythen mit der Heldensage von Gudrun — nicht etwa verbunden wurden, sondern — zusammenwuchsen, jede Ahnung von ihrer eigentlichen Bedeutung natürlich im Volk erloschen war und dass man sie als gerade so geschichtlich, wie die eigentliche Sage, betrachtete. Aus diesem Zusammenwachsen der Sagen aber erblühte allmählich unsere schöne Dichtung von Hilden und Gudrun so, dass sich den Sängern unbewusst eine herrliche sittliche Idee darin verkörperte, die Idee, dass die schöne Mutter, die durch den Sinnenschein und die Macht der Töne sich hat betören lassen heimlich vor den Eltern einem fremden Manne zu folgen, diese Sünde der Impietät büssen muss durch die Wegführung ihrer schöneren Tochter und durch den Tod ihres geliebten Gemahls, dass aber der sittliche Adel der Tochter, der sich in ihrem Mut und ihrer Treue bewährt, die Schuld der Mutter zwar büsst, aber auch sühnt und den durch die Schuld erregten Sturm der Leidenschaften durch milde Hoheit beschwichtigt. Diese Idee trieb im Verlauf der Jahrhunderte wohl neue Sprossen, aber so, dass die Hilde-Gudrun-Sage, wenn auch bald hier bald dort an der Nordsee nur einzelne Zweige mit Liebe gepflegt wurden, doch als eine Einheit durch die Macht der Idee zusammengehalten ward. Sittliche Idee der Dichtung.

Auch als das Christentum an den Nordseeküsten längst die ausschliessliche Religion geworden war, hielt das Volk mit liebevoller Erinnerung an seinen alteinheimischen Sagen fest. Der Volksgesang verstummte trotz der Anstrengungen der Geistlichkeit nie ganz: bald kürzere bald längere Abschnitte aus den grossen Sagenkreisen wurden oft vorgetragen und mit Lust gehört. Vielleicht mochte auch ein von poetischem Sinn erfüllter Klostergeistlicher die ganze Hilde-Gudrun-Sage im Auszuge lateinisch niederschreiben und so einem späteren Dichter vorarbeiten, wie wir z. B. die schöne Sage von Walter von Aquitanien in einer lateinischen Recension des St. Galler Mönches Eckehardt aus dem 10. Jahrhundert noch besitzen. Fortleben der Sage.

Als aber im 12. Jahrhundert die grosse Idee der Kreuzzüge das Volk neu angeregt und seine Kraft erweckt wie seine Phantasie belebt hatte, da brach auch der poe- Fahrende Sänger.

tische Trieb mit neuer Stärke hervor, und Adel und Volk wetteiferten mit einander in Erzeugung neuer Dichtungen und in Wiederbelebung der alten. Die ritterlichen oder höfischen Dichter, die in einseitiger Verfeinerung und geblendet durch die französische Formglätte die urkräftige Poesie der einheimischen Sagen nicht verstanden oder nicht zu schätzen wussten, wandten sich vorzugsweise ausländischen Stoffen zu, blieben mit diesen aber dem Volk unverständlich. Aber von ihrem Beispiel angeregt, bildete sich allmählich ein eigener Stand der fahrenden Sänger, die von Hof zu Hof, von Stadt zu Stadt, von Land zu Land zogen und namentlich da, wo grosse Feste zu feiern waren, sich gern einfanden, um durch ihren Gesang und ihre Lieder die Gäste zu erfreuen und zum Danke möglichst grosse Geschenke an Kleidung, Waffen etc. zu empfangen. Besonders scheinen Blinde dies Gewerbe häufig ergriffen zu haben. Solche Sänger trugen die dem Volke vertrauten heimischen Sagen vor, vermittelten aber zugleich durch ihr rastloses Umherwandern die weite Verbreitung örtlicher Geschichten und die Verknüpfung solcher, die in weiter Entfernung von einander entstanden waren. Diejenigen, welche wirklich sangen, teilten aus dem Gedächtniss mit, was sie von anderen gehört hatten, aber natürlich nur in kürzeren Liedern, die sie nach Gefallen aus dem Reichtum ihrer Erinnerung auswählten und begrenzten; andere zeichneten sich grössere Sagencomplexe schriftlich auf, und ihr Vortrag sank dann zum Vorlesen herab. Die Aufzeichnung aber hatte den grossen Vorteil, dass die Einzelheiten der Sage nunmehr fixiert wurden und nicht mehr von der Phantasie der Fahrenden willkürlich gemodelt werden durften, wiewohl auch schon der gedächtnissmässige Vortrag teils durch das überlieferte Versmaass gegen zu grosse Willkürlichkeiten geschützt war, namentlich aber wohl durch die Pietät der Hörer, die, wie bei uns die einem Märchen lauschenden

Kinder, eine Abweichung von den einmal hergebrachten Einzelheiten der Erzählung nicht duldeten.

Als aber die höfischen Dichter Heinrich von Veldeck, Wolfram von Eschenbach, Gottfried von Strassburg nach ausländischen Mustern grosse und umfassende epische Dichtungen geliefert hatten, da regte sich auch in den fahrenden Sängern der Trieb, ganze Sagenkreise in einheitlicher Form zu bearbeiten und damit den ritterlichen Vorbildern nachzueifern. So wurden von einem unbekannten Dichter aus dem Volke im ersten Viertel des 13. Jahrhunderts die Lieder von den Nibelungen, in welchen der fränkische und der burgundische Sagenkreis zusammengewachsen waren, zu einem Ganzen redigiert in einer Strophenform, die schon längere Zeit bei diesem oder jenem Liede üblich gewesen sein mochte, sodass er vieles wörtlich der Ueberlieferung entlehnen konnte. Die Nibelungenstrophe besteht aus vier paarweise mit stumpfem oder männlichem Reime sich entsprechenden Zeilen, von denen jede in zwei Hälften derartig zerfällt, dass jede Halbzeile drei Hebungen hat, die Senkungen aber willkürlich dazwischen verteilt sind, mitunter auch zwischen zwei Hebungen ganz ausfallen, nur dass die erste Halbzeile jedes Verses notwendig mit einer Senkung schliesst; die zweite Halbzeile des vierten Verses jeder Strophe hat, damit ein Abschluss und Ruhepunkt eintrete, vier Hebungen. Als Beispiel diene folgende Strophe:

Diu vil michel êre was da gelegen tôt.
die liute heten alle jâmer unde nôt.
mit leide was verendet des küneges hôhzît,
als ie diu liebe leide ze aller júngíste gît.

Es ist dies eine ebenso schöne und wohlklingende, wie der deutschen Epik angemessene Form, die der modernisierten Nibelungenstrophe, wie sie z. B. in Uhlands Liedern von Eberhard dem Rauschebart durchgeführt ist, bei weitem vorzuziehen sein möchte, weil sie alle ermüdende

Eintönigkeit vermeidet. Der Dichter aber, der in dieser sicherlich nicht von ihm erfundenen Form die Nibelungen zu redigieren unternahm, war seiner grossen Aufgabe nicht gewachsen: weder hatte er Genie genug, die beiden grossen Hauptmassen der Sage zu einer wahren Einheit zu verschmelzen, noch auch bewies er genügende Umsicht in der Ausgleichung von allerlei Widersprüchen, die in den vereinzelt bisher existierenden Liedern für eine aufmerksamere Beobachtung notwendig zu Tage treten mussten, sobald sie zu einem Ganzen verbunden werden sollten. Nichtsdestoweniger gewann die Dichtung wegen ihres grossartigen Inhalts und der unzerstörbaren Schönheit der Züge, welche die Sage seit uralten Zeiten bewahrt hatte, reichen und verdienten Beifall: sie ward vielfach vorgetragen und in vielen Abschriften verbreitet.

Redaction der Gudrunsage.

Kein Wunder daher, wenn bald darnach, jedenfalls noch in der ersten Hälfte des 13. Jahrhunderts, ein anderer Dichter sich an eine ähnliche Bearbeitung der Gudrunsage machte. Er mochte sie auf seinen Sängerfahrten am Niederrhein, etwa am Hofe von Cleve, kennen gelernt haben, jedenfalls aber stand ihm, wie er selbst angiebt, auch eine schriftliche Quelle, wenn auch nur für einzelne Partien, zu Gebote. Den Dichter des Nibelungenepos nahm er sich, wie aus vielen einzelnen Wendungen zu ersehen ist, die jenem fast wörtlich entlehnt sind, zum Vorbilde; doch modificierte er die Nibelungenstrophe dahin, dass er dem zweiten Verspaar weibliche oder klingende Reime und der letzten Halbzeile des Schlussverses fünf Hebungen gab. Als Beispiel geb' ich folgende Strophe:

Diu tier in dem walde ir weide liezen stên.
die würme, die da solten in dem grase gên,
die vische, die da solten in dem wâge vliezen,
die liezen ir geverte. jâ kunde er sîner vuoge wol geniezen.

Schwerlich aber war diese überaus melodische Form seine eigene Erfindung; er entlehnte sie wohl dem Volksgesange, der natürlich sehr verschiedene Weisen kannte. Indessen ist diese sog. Gudrunstrophe keineswegs consequent durchgeführt: oft findet sich dazwischen die eigentliche Nibelungenstrophe, oft hat auch das erste Verspaar weibliche Reime, namentlich aber findet sich sehr häufig und zwar völlig regellos der innere Reim, sodass die erste Halbzeile eines Verses mit der ersten des folgenden correspondiert. Denn dieser Dichter war überhaupt (damit ich frei meine Meinung über ihn ausspreche) weder in der Form besonders gewandt noch auch von tiefpoetischem Sinne. Es ist in den Literaturgeschichten zwar herkömmlich, ihn wegen seiner sicheren Charakteristik und seiner oft höchst lebendigen Schilderung als einen vorzüglich begabten Dichter zu preisen; aber da er sogar schriftliche Quellen für seine Darstellung hatte, so ist es mehr als zweifelhaft, ob ihm selber das in jener Beziehung gespendete Lob gebührt. Die für uns oft erschrecklich langweilige Breite in Beschreibung von Hoffesten, Rittertrachten, kostbarer Frauenkleidung etc. will ich ihm nicht einmal zum Vorwurf machen; denn an diesem Fehler leidet selbst ein Wolfram, und es scheint, dass die damalige Zuhörerschaft, die bis dahin in den beschränktesten Kreisen gelebt hatte, der nun aber durch die Berührung mit französischer Courtoisie und mit orientalischem Luxus ungeahnte blendende Welten aufgegangen waren, von solchen Herrlichkeiten gar nicht genug zu hören bekommen konnte. Wenn unser Dichter aber die geschmacklose ausländische Märe von Hagens Jugendzeit und den Greifen, bloss weil Hagen der Vater Hildens hiess, mit der Hilde-Gudrun-Sage verband, ohne auch nur im entferntesten eine wirklich innerliche Vereinigung herzustellen; wenn er jene Märe „mit wenig Witz und viel Behagen“ in ödester Breite vortrug; wenn er ferner den König Siegfried von Moorland in wahrhaft lächerlicher Missdeutung zu einem schwarzen Mohrenfürsten machte und dadurch einen geographischen Schwindel ohnegleichen in die Dichtung einführte; wenn er endlich

Charakteristik des Dichters.

jede Gelegenheit eifrig benützte, um die Freigiebigkeit der hohen Herren gegen fahrende Sänger in der zudringlichsten Art zu preisen, und deshalb am Schlusse in der Beschreibung von Hochzeiten und Festen gar kein Ende finden konnte: so ist es kaum mehr zweifelhaft, dass ein solcher Dichter nicht nur kein Genie war, sondern auch seine Bildung sich nicht über das durchschnittliche Maass der fahrenden Spielleute erhob. Von einem so gewöhnlichen Kopfe dürfen wir denn auch nicht erwarten, dass er das in seinen Quellen vorgefundene schöpferisch umgestaltet hat: nur die specifisch heidnischen Züge verwischte er in seinem theologischen Eifer, wenn er nicht vielleicht schon einen Vorgänger in diesem Bemühen hatte. Ergaben aber die verschiedenen Sagen und Lieder in ihrer Zusammenstellung und Vereinigung chronologische Widersprüche, so war er entweder zu zaghaft, der üblichen Tradition, die seinem Publikum einmal vertraut geworden war, entgegenzutreten, oder, was mir wahrscheinlicher dünkt, er war zu naiv-sorglos, um während der vielleicht ganze Jahre dauernden schriftlichen Redaction jene Widersprüche zu bemerken. So ergeben sich in seiner Abfassung die drolligsten Ungereimtheiten. — Zum Wesen der Heldensage gehört es bekanntlich, dass die einmal fest ausgeprägten Charaktere unverrückbar immer auf derselben Altersstufe stehen bleiben: natürlich, denn für eine naive und zugleich phantasievolle Zeit gehört zur vollendeten Erscheinung einer geistigen oder körperlichen Eigentümlichkeit immer ein bestimmtes Lebensalter. Wie also in der griechischen Heldensage z. B. die schöne Helena ewig jung bleibt, so können wir uns auch den gewaltigen Wate nicht anders denken als mit greisen Locken: Jugend würde nicht zu seinem Wesen stimmen. Was aber tut unser die Sagen zusammenstellender Dichter? Bei Hildens Entführung lässt er bereits Waten in seiner plastisch ausgeprägten Eigentümlichkeit als greisen Recken wirksam sein, aber ebenso schildert er ihn bei Gudruns Raub und bei ihrer nach dreizehn Jahren erfolgten Zurückführung: in der einheitlich sein sollenden Dichtung entsteht dadurch ein ungeheurer chronologischer Widerspruch (um den sich freilich der sonst so peinliche Müllenhoff nicht kümmert). Noch schlimmeres der Art tritt bei Hildburg hervor. Diese war von der Sage einmal als Typus der treuen Freundin und Begleiterin ausgeprägt worden: die eine Tradition liess sie also mit Gudrun alle Leiden der Gefangenschaft durchmachen, eine andere gab sie Hilden bei ihrer Entführung zur Begleiterin, eine dritte machte sie zur Jugendgefährtin des Königssohnes Hagen während seines Aufenthalts bei den Greifen. Unser Dichter aber, dem es mehr darauf ankam, nach und nach eine Menge interessanter Abenteuer zu häufen, als ein organisch gegliedertes Ganzes zu schaffen, acceptierte unbefangen alle drei Traditionen und liess so dieselbe Jungfrau, die mit Hagen aufgewachsen und mit seiner Tochter Hilde entführt war, auch die Schicksale seiner Enkelin Gudrun teilen und schliesslich noch Hartmuten heiraten. Ja, es widerfährt ihm, dass er sich mit ausdrücklichen Zahlenangaben in Widersprüche verwickelt. Das eine Lied von Gudruns Entführung liess ihren Bruder Ortewin als jugendlichen Helden mit auf dem Wülpensande kämpfen; das andere von Gudruns Rückkehr konnte ihn auch nur als ganz jungen Mann darstellen, weil nach der ganzen Anlage der Sage Hilde ja den Rachezug leiten musste, Ortewin aber, wenn er schon ein gereifter Mann gewesen wäre, im Besitz der Regierung hätte sein müssen. Unser Dichter fand beide Versionen vor und copierte sie getreulich: erst lässt er Ortewin mit auf dem Wülpensande kämpfen und dreizehn Jahre nachher trägt er kein Bedenken Hilden sagen zu lassen, Wate möge im Kampf doch recht ihres erst zwanzigjährigen Sohnes hüten. — Gewiss sind derartige Absurditäten, die heutzutage bei unserer Verstandesbildung auch dem elendesten Dichter unmöglich wären, auf keine Weise zu verteidigen; aber um sie zu begreifen, muss man sich die volle Naivetät jener vom Glanz der Fremde geblendeten und gleichsam mit offenem Munde staunenden Zeit vorstellen, die ebenso unkritisch, wie Shakespeares Publikum dessen Anachronismen, sich unbefangen die stärksten Widersprüche gefallen liess, wenn sie einmal durch die Ueberlieferung der verschiedenen Sagen bedingt waren.

Müllenhoffs Kritik.

Nun aber kann ich es freilich nicht länger vermeiden, auf die Methode und die Resultate der schon öfter erwähnten von Müllenhoff und Plönnies geübten Kritik näher einzugehen. Es ist Ihnen zur Genüge bekannt, dass der heftige und erbitterte Streit, der seit dem grossen Fr. A. Wolf über den einheitlichen Homer entbrannt ist, dem genialen Karl Lachmann Veranlassung gegeben hat, auch in das Epos von den Nibelungen die kritische Sonde zu senken, und dass er zu dem Resultate gekommen ist, den bis dahin angenommenen Dichter völlig zu leugnen und mit Ausscheidung einer Menge angeblicher Zusätze von Ueberarbeitern sogenannte echte Lieder von den Nibelungen als Schöpfungen ganz verschiedener Dichter aufzustellen. Sein glänzender Scharfsinn, seine umfassende Gelehrsamkeit und seine imponierende Autorität wirkten dahin, dass jenes Resultat lange Zeit als ein hervorragendes Denkmal wissenschaftlicher Kritik angestaunt ward und erst neuerdings durch Zarncke's und Holtzmanns Untersuchungen eine bedeutende Erschütterung erlitt. Durch sein Beispiel und seine Erfolge angeregt, machte sich Karl Müllenhoff in Kiel 1845 an eine ähnliche kritische Behandlung des Gedichtes von Gudrun: mit erbarmungsloser Schneide schied er mehr als drei Viertel der Ueberlieferung als spätere Zutat verschiedener Ueberarbeiter aus, die als echt anerkannten Teile aber wollte er, insofern von Karl Lachmanns Nibelungenkritik wesentlich abweichend, als einheitliche Leistung eines einzigen klassischen Dichters betrachtet wissen. Es ist keine Frage, dass das Resultat der Müllenhoffschen Kritik, diese nur reichlich 400 Strophen zählende Epitome, unendlich viel bequemer und kurzweiliger zu lesen ist, als die oft entsetzlich ermüdende Redseligkeit der Ambraser Handschrift: aber wer für das Sprunghafte, Eckige, Abgerissene in jener Recension Gefühl hat, muss sich erstaunt fragen, wie man einen so knappen und von einer Andeutung zur anderen springenden Lapidarstil dem deutschen Mittelalter hat zutrauen können, jener Periode, deren hervorragendste epische Dichter gerade in behaglicher Breite der Darstellung mit einander zu wetteifern scheinen. Freilich, wo ein streng wissenschaftlicher Beweis vorliegt, da muss man auch das hinnehmen, was sonst unglaublich scheinen würde; aber wie steht es denn um die Methode Müllenhoffs? Sie ist mannigfach gepriesen worden: wenn aber sein geistvollster Nachfolger, Wilhelm von Plönnies, der acht Jahre später die Gudrun herausgab, im ganzen zwar des Vorgängers kritische Grundsätze und wissenschaftliches Verfahren bewundert und selber darnach handelt, dennoch aber etwa drittehalbhundert Strophen, die jener als unecht verdammt, als Eigentum des ursprünglichen Dichters reclamiert, so ist eben dieser Widerspruch, wie mir scheint, schon ein recht starker Beweis für die Trüglichkeit und die Unsicherheit jener Grundsätze. In der Tat aber ist auch das Verfahren von Müllenhoff und Plönnies, so weit es mit der höheren Kritik zu tun hat, nichts weniger als ein wissenschaftliches. Denn bei einem solchen kommt es auf strengen Beweis dessen, was notwendig ist, an: jene Männer aber geben nur mehr oder weniger geistreiche Hypothesen über das, was sein kann. Schon in der kritischen Analyse des Gedichtes hab' ich oft Gelegenheit gehabt, manches Sachliche, das sie aus allerlei subjectiven Gründen verwarfen, als wesentliches Element der Sage oder als Eigentum des Dichters nachzuweisen: jetzt will ich nur noch die formellen Kriterien, an denen sie das Unechte zu entdecken vermeinen, in der Kürze besprechen. Erstlich gehen sie von der Voraussetzung aus, dass der Dichter seine Lieder nicht durch Uebergangsstrophen zu verbinden gesucht habe: sie bemühen sich also, die Strophe, die wie ein Eingang klingt, und diejenige, die einen recht drastischen Schluss zu enthalten scheint, zu ermitteln, und wenn diese gefunden sind, meinen sie, dass damit schon alles voraufgehende wie alles nachfolgende von selbst als unecht falle. Es liegt aber auf der Hand, zunächst dass sie hiermit den schlimmen Fehler begehen, das erst zu beweisende als bewiesen vorauszusetzen, sodann, dass bei diesem Verfahren die ganze Entscheidung fast immer von Gefühl und Meinung abhängt[6]). Ferner verfolgen sie besonders jene Strophen als unecht, die ähnlich denjenigen in den Nibelungen gebaut sind, und jene, in denen sich ein innerer Reim findet[7]). Liessen sich nun immer derartige Strophen so herausheben, dass dass übrigbleibende einen richtigen und sicheren Zusammenhang ergäbe, so wäre gegen dies Verfahren nichts erhebliches einzuwenden; nun aber ändern sie teils da, wo sie den Faden des echten wieder aufzunehmen glauben, die mit der vorhergehenden Strophe ihrer Recension nicht stimmende Ueberlieferung in einer oft bodenlos willkürlichen und unwissenschaftlichen Weise, ja mitunter so, dass der Reim beeinträchtigt wird[8]), teils sind sie oft genötigt, Strophen mit jenen äusseren Kennzeichen des angeblich unechten dennoch stehen zu lassen, weil sie im Zusammenhang schlechterdings unentbehrlich sind, in diesen schaffen sie dann aber hinwiederum durch kühnste Aenderungen jene Kennzeichen als von Interpolatoren erst hineingetragen hinweg. In wie hohem Grade widerspruchsvoll dies Verfahren ist, leuchtet ein: wenn Fälscher wirklich auch echte Strophen so überarbeitet haben, dass sie die Nibelungenstrophe und innere Reime herstellten, so hören damit doch diese beiden formellen Unebenheiten auf, Kriterien der unechten Strophen zu sein. Ich könnte Ihnen noch andere Proben von der Unhaltbarkeit einer derartigen Kritik geben[9]), aber ich fürchte, Ihre Geduld zu ermüden. Ich erwähne deshalb nur noch, dass Plönnies, der Bewunderer Müllenhoffs, zwar behauptet, dass dieser die schwere Aufgabe „fast völlig" gelöst habe, das unbezweifelt echte herauszufinden aus dem Wust von Zutaten der verschiedensten Zeiten; andrerseits aber räumt er ein, dass Müllenhoff das glänzende Resultat hauptsächlich seinem gesunden Gefühl für die nationale Poesie verdanke, welches ihn den goldenen Faden des echten überall mit sicherem Takt habe erkennen und verfolgen lassen. Mit diesem letzten Satz erklär' ich mich gern bis zu einer gewissen Grenze hin einverstanden: aber das Gefühl hat nur nichts mit der Wissenschaft zu tun, und Müllenhoffs Verfahren soll deshalb nicht den Anspruch erheben, ein wissenschaftliches zu sein. Wenn er aber trotz der Schwäche seiner Beweisgründe dennoch sich nicht nur erkühnt, bestimmt zu scheiden, was dem ersten und was dem zweiten und was dem dritten Ueberarbeiter gehöre [10]), sondern sogar in den von ihm als echt angenommenen Liedern ein bestimmtes Zahlenverhältniss der Strophen zu entdecken und darin einen Beweis für die Unfehlbarkeit seiner Methode zu finden glaubt, so liegt hierin eine Ueberhebung des an die Stelle von Wissen tretenden Meinens, die im Reiche der Wahrheit nicht geduldet werden darf; seine ganze sogenannte Beweisführung zeigt eben schlagend, dass auf diesem Gebiete, solange nicht neue Quellen aufgefunden werden, ein eigentlich wissenschaftlicher Beweis überhaupt nicht möglich ist.

Wahrscheinliche Entstehung des Gedichtes.

Demnach steht die Frage nach dem Ursprung des uns vorliegenden Gedichtes Gudrun so: Ist es wahrscheinlich, dass in einem Zeitalter, das überhaupt, abgesehen von der Baukunst, nichts formvollendetes geschaffen hat, das bei den Griechen noch nicht die Offenbarung der Schönheit kennen gelernt hatte, in welchem selbst ein so genialer und tiefsinniger Epiker wie Wolfram sich in breiten Schilderungen arge Geschmacklosigkeiten zu Schulden kommen liess — dass in einem solchen Zeitalter, sage ich, ein aus dem Volk hervorgegangener und dem Volke dichtender fahrender Sänger die herrliche Gudrunsage in geschmackvollster, nur allzu knapper und schroffer, Weise mit Meisterhand zu einem Epos gestaltet habe? dass aber dann drei verschiedene Ueberarbeiter hinter einander, statt mit Ehrfurcht an einem so köstlichen Werke sich zu laben und zu bilden, sich das barbarische Vergnügen gemacht haben, dies Meisterstück durch die plumpsten und trivialsten Zutaten zu verunstalten? dass diese wunderlichen Menschen, obgleich sie fälschen wollten, dennoch abweichende Versformen und die handgreiflichsten und kolossalsten Widersprüche in sie hineingetragen haben? dass endlich diese sog. Interpolatoren, obwohl sie in ihrer Einfalt und Roheit von den durch ihre Fälschungen entstandenen Widersprüchen nichts merkten, dennoch schlau und umsichtig genug gewesen sind, die Fugen zwischen ihren Interpolationen und den echten Teilen so zu verkleistern, dass jetzt ein Müllenhoff, um die echten Partien wieder zu verbinden, die gewaltsamsten Textänderungen vornehmen muss? Oder ist es vielmehr wahrscheinlich, dass ein fahrender Sänger von mittelmässigem Talent und geringer Bildung der in Liedern von verschiedenen Formen verbreiteten Gudrunsage sich so bemächtigte, dass er seinen schriftlichen und mündlichen Quellen im ganzen getreulich folgte und so das köstliche Vermächtniss uns überlieferte, dass er aber im Geiste seiner Zeit alles Heidnische sorgfältig verwischte und dafür bei jeder Gelegenheit in frommen Trivialitäten sich erging, dass er endlich die chronologischen Widersprüche, die sich bei einer Zusammenstellung der verschiedenen Lieder notwendig ergaben, entweder im langen Verlauf seiner Arbeit nicht bemerkte oder sie aus Pietät nicht zu heben wagte, dagegen durch breite Schilderung von vornehmen Trachten, Hoffesten, Bewirtung fahrender Sänger sich und seinem Publikum ein besonderes Vergnügen machte? Ich meine, es ist kaum anders möglich, als sich für diese letztere Annahme zu entscheiden, zumal da für sie die Tatsache der geschichtlichen Ueberlieferung spricht: aber freilich ist es selbstverständlich, dass diese handschriftliche Tradition im Laufe von drittehalb Jahrhunderten alle Schicksale, die geschriebene Bücher zu treffen pflegen, erfahren hat und in Einzelheiten von den schlimmsten Corruptelen, namentlich argen Verstümmelungen, betroffen worden ist.

Wiederbelebung der Gudrunsage.

Steht nun aber die Sache so, so fragt sich, wie die unverwüstlich schöne Gudrunsage der Gegenwart wieder zu künstlerischem Genuss gebracht werden kann. Bekanntlich hat der verdienstvolle Karl Simrock das mittelalterliche Gedicht wort- und stilgetreu übersetzt: er färbt und hebt nicht die Simplicität des Originals, sondern auch von diesem seinem Werke gilt das Wort, das der greise Göthe, wenn ich nicht irre, von seiner Uebersetzung der Nibelungen gesagt hat, dass die antike Dichtung darin nicht sowohl ins Moderne übertragen, als vielmehr in ihrer Ursprünglichkeit erhalten sei, wie wenn eine Meisterhand schonend ein altes Gemälde restauriert habe. Dennoch aber ist die Simrocksche Uebersetzung für gebildete Simrock. Frauen, und deren Urteil ist hier entscheidend, nicht geniessbar: ehe man an den frischen Born der echten deutschen Heldensage und an die von ihm getränkten lachenden Auen gelangt, hat man sich durch so dürre und langweilige Steppen der mittelalterlichen Bänkelsängerei hindurchzuarbeiten, dass jeder unbefangene und geschmackvolle Leser oft in Versuchung kommen muss, das Buch von sich zu schleudern. — Bei weitem schöner dagegen und von widerwärtigen Störungen frei ist die Uebersetzung, welche W. v. Plönnies in seiner grossen Aus- Plönnies. gabe von den ihm echt scheinenden Strophen geliefert hat: zwar verschönert sie wohlmeinend das Original und ist insofern nicht so treu, wie die von Simrock, aber sie ist von tiefpoetischem Sinne durchdrungen und befriedigt daher am meisten von allen bisherigen Bearbeitungen der Gudrun. Allein da Plönnies, in Müllenhoffs Fusstapfen tretend, von der falschen Voraussetzung ausgeht, dass der echte Dichter der Gudrun mehreren verwässernden und verderbenden Ueberarbeitungen unterworfen gewesen sei und dass diese auf dem Wege wissenschaftlicher Kritik erkannt und ausgeschieden werden könnten, so wirft er manche Einzelheiten, die unverkennbar und notwendig der alten Heldensage angehören, befangener Weise aus: andrerseits bleibt sein Werk trotz mancher poetischen Licenzen immer eine Uebersetzung, und so beweist er gegen das vermeintlich echte, auch wo es in starrer und unschöner Form erscheint, eine im Interesse der herrlichen Sage oft beklagenswerte Pietät.

Für uns dagegen, die wir der wohlbegründeten Ueberzeugung sind, dass die überlieferte Dichtung das Werk eines ordinären fahrenden Sängers ist, der den köstlichen Schatz der alten Sage in einen Wust von Trivialitäten eingehüllt hat — für uns muss die Aufgabe, der Gegenwart den vollen Genuss der uralten Dichtung zu vermitteln, sich dahin bestimmen, dass das mittelalterliche Werk mit voller Freiheit, wenn auch mit der rechten Pietät, dichterisch neugestaltet werde; denn die echten Züge der Sage zu erkennen, hilft uns keine wissenschaftliche Kritik, da hilft nur der in die heroische Einfalt und Einfachheit hineingewöhnte Geschmack und Schönheitssinn des Dichters. Hier gilt es nicht zu scheiden und zu sondern, sondern mit kühnem Griffe neu zu erbauen.

Gervinus. Mehrfach sind denn hierzu auch Anläufe unternommen worden. Zuerst von einem Namenlosen, der 1836 bei Engelmann in Leipzig ein kleines Heft herausgab mit dem Titel: „Gudrun. Ein episches Gedicht. Programm und Probegesang.“ Es ist seitdem bekannt geworden, dass kein geringerer als Gervinus Verfasser dieses Büchleins ist. In dem Programm, das sich über die Aufgabe einer Wiederdichtung der Gudrun verbreitet, spricht er schöne und noch immer beherzigenswerte Worte: „Könnte uns einer, sagt er, ein Nationalgedicht auffrischen, das uns unser Volk auf der Stufe seiner schönsten und frischesten Natur, seiner unverdorbensten Sitte, seiner regsten Kraft zeigte, wie würde er uns gewinnen für jedes energische Bestreben, für das helle Beherrschen der Verhältnisse, für jede gerade und nüchterne Gefühls-, Denk- und Handlungsweise, wie würde er unserm hinfälligen Geschmacke herstellende Stärkung und neue Genesung geben. Hier spricht alles so sehr zur Männlichkeit, die uns verloren ist, zur Kraftübung und Tätigkeit, die uns erschlafft darniederliegt, zu dem Sinn für natürliche Verhältnisse im Hause und im Staate, zwischen Alterstufen und Geschlechtern, die man heutzutage verwirrt und verkehrt." — Freilich zeigt schon dieser Seufzer über seine Zeit, dass damals nicht die frische Luftströmung durch Deutschland ging, die zur Wiederbelebung Gudruns nötig ist: noch nie hat in einer gesunkenen Zeit ein Dichter grosse Werke hervorgebracht und dadurch sein erschlafftes Volk zu herrlichen Taten entflammt, sondern umgekehrt hat die in grossen Unternehmungen sich kundgebende innere Gesundheit eines Volkes auch die grossen Dichter hervorgebracht. Aber Gervinus' ganze Eigentümlichkeit war auch nicht entfernt zu einer Wiedergeburt Gudruns geschaffen: er ist vielmehr ein philosophischer als ein dichterischer Kopf. Und dann beging er den verhängnissvollen Fehler, zu seinem Versuche den klassischen Hexameter zu verwenden. Freilich, wie sich mit dieser für das vollendete deutsche Epos einzig passenden Form auch tiefste Innigkeit und feinste Zartheit vermählen kann, das beweist zur Genüge das grösste Meisterwerk unserer ganzen Literatur, Göthes Hermann und Dorothea: aber die Versform übt bekanntlich auf Stil und Haltung jedes Gedichtes einen dämonischen Zwang aus, und da der Hexameter nun durch seine klassische Ruhe einen ununterbrochenen stetigen Gang der Erzählung bedingt, unser Wissen aber von den Zuständen unsres heroischen Zeitalters ein für solchen stetigen Gang viel zu lückenhaftes ist, so muss die allerdings ideale Aufgabe, Gudrun in klassisch-homerischem Geiste wiederherzustellen, eine ewig unerfüllbare bleiben. Wir müssen uns das niedrigere Ziel setzen, sie in einzelnen Liedern oder Romanzen, die oft nur locker mit einander verbunden zu sein brauchen, wiedergedichtet zu sehen.

San-Marte. Diese Aufgabe hat sich San-Marte (der Bromberger Regierungsrat Schulz) gestellt. Er gab 1839 „Gudrun. Nordseesage" in einer neuen Bearbeitung heraus. Aber auch diese Wiederdichtung ist fast spurlos verschollen, und mit Recht. Denn nicht nur leidet sie an dem unverzeihlichen Fehler, dass nach dem Muster von Tegnérs Frithjofssage die einzelnen Lieder in verschiedenen Versmassen abgefasst sind, sodass der Leser aus einer Stimmung in die andere geschleudert wird und die epische Ruhe sich in eine widerwärtige Friedlosigkeit verkehrt, sondern die ganze Dichtung atmet auch nicht entfernt heroischen Geist, die Heldenstärke Gudruns und ihrer Umgebung ist in verschwommene moderne Sentimentalität verzerrt.

Niendorf. Bedeutend besser ist das Gudrunlied von M. A. Niendorf, das in diesen letzten Wochen bereits in dritter Auflage erschienen ist und das vorläufig dem gebildeten Publikum als eine wenigstens leidliche Darstellung der schönen Sage empfohlen werden kann. In 24 Gesängen gruppiert es den ganzen Stoff recht geschickt so, dass es sogleich mit der Werbung Siegfrieds anhebt, alles vorhergehende aber, namentlich die Entführung Hildens, später episodisch einschaltet: dadurch wird das Interesse des Lesers auf einen verhältnissmässig kurzen Zeitraum, den die Schicksale der Hauptheldin selbst ausfüllen, concentriert, während die mittelalterliche Dichtung in kunstlosester Form sich über drei Generationen verbreitet. Auch ist ein gewisser hier und da recht glücklicher Humor über die Darstellung Niendorfs ausgegossen. Das Versmaass ist, wie es sein soll, durch alle Gesänge hindurch dasselbe;

er verwendet nicht ungeschickt die von Uhland modernisierte Nibelungenstrophe, die jedoch auf die Länge durch ihr monotones Geklapper ermüdend wirkt. Im Stil aber und in der Behandlung der Sage genügt auch diese Arbeit einem gründlich gebildeten Geschmack keineswegs: auch hier fliesst viel zu viel moderne Empfindsamkeit ein, und einzelne schöne Züge der Sage sind widerlich entstellt. Wenn z. B. der Vogel, der Gudrunen die Weissagung bringt, zwar beibehalten ist, aber mit einem Rationalismus, der an die trübseligsten Perioden der Bibelauslegung erinnert, als ein Geschöpf dargestellt wird, das Herwig in seinem einsamen Liebeskummer zum Sprechen abgerichtet hat, so ist das eine so alberne Verunstaltung der Dichtung, dass man nur mit Unwillen und Selbstüberwindung weiter zu lesen im Stande ist.

Forderungen für eine Wiederdichtung der Gudrunsage.

Im wesentlichen ist also die Aufgabe, das Nationalepos von Gudrun durch eine Wiederdichtung der Gegenwart lieb und vertraut zu machen, als bisher noch ungelöst zu bezeichnen. Ist sie unlösbar? Ich glaube nicht. Aber vor allem müsste der Dichter, dem die Ausführung glücken sollte, an den klassischen Werken der Griechen seinen Geschmack geläutert haben, um mit sicherer Plastik die Formen seiner Helden darzustellen; er müsste der modernen Empfindungsweise sich möglichst entäussert und liebevoll sich in die Heroenwelt hineingelebt haben, um mit schlichter Einfachheit und Keuschheit ihre stille Grösse, die Sicherheit ihres Wollens, die Kindlichkeit und die Tiefe ihres Gefühls wiederzugeben; er müsste zwar in der Anordnung der Erzählung vollkommen frei zu Werke gehen, nur von den Gesetzen der Kunst und des epischen Stils geleitet, aber hinsichtlich des Inhalts den echten Zügen der Sage mit gewissenhaftester Treue folgen; er müsste die ganze Begebenheit natürlich wieder in die rein heidnische Lebensatmosphäre, in der die Sage erwachsen ist, hineinstellen, aber am Schlusse dürfte er vielleicht, um die Versöhnung der furchtbar strengen Hilde und die

Beschwichtigung der Blutrache zu motivieren, einen Stral des Christentums in die Handlung hineinfallen lassen, wie denn auch historisch im 9. Jahrhundert an den Küsten der Nordsee eine Berührung des Christentums mit dem Heidentum sehr wahrscheinlich ist; der Dichter müsste ferner, um wahr zu bleiben, vom Standpunkt seines Glaubens und seiner Bildung aus schaffen, er dürfte also keine äusseren Mirakel gelten lassen, aber statt die Wunder überhaupt zu tilgen oder sie rationalistisch zu erklären, müsste er sie wie Göthe in seiner Iphigenie in die Tiefen des Gemüts verlegen; er müsste endlich die klangvolle echte Gudrūnstrophe beibehalten und sie nur insoweit etwa dem modernen Versgefühl accommodieren, dass er den schroffen Zusammenstoss zweier Hebungen miede. Wer als Dichter von Gottes Gnaden diese Forderungen in ihrem ganzen Umfang erfüllte, der würde das herrlichste Vermächtniss der Vorzeit unserer Heimat wieder lebendig und fruchtbar für die Gegenwart machen und dahin wirken, dass die kernhafte norddeutsche Natur sich selbst besser verstehen lernte und in richtiger Erfassung ihrer Eigenart alle romantische Schwärmerei mehr und mehr abtäte, um im Realen das wahrhaft poetische zu erkennen und mit frischer Kraft an den neuen grossen Aufgaben zu arbeiten. Denn die Schranken, in welchen wir Schleswig-Holsteiner so viele Jahre hindurch ein friedliches Idyll lebten, sind gefallen; wir sind hineingerissen in die grosse deutsche Bewegung, die uns hoffentlich bald ein wahrhaft einiges deutsches Vaterland schafft; ein frischer Morgenwind braust durch unsere Lande und verkündet unserem Stamme, wenn er treu arbeitet, eine grosse Zukunft. Und wie könnte ein Stamm, der die Sage von der heroisch duldenden und ewig tatkräftigen Gudrun geschaffen hat, in trübseliger Resignation die Hände in den Schooss legen? einem solchen Volke ziemt nur immer frische Hoffnung und mutiges Handeln. Möge denn eine der ersten patriotischen Taten des befreiten Schleswig-Holsteins eine Wiederdichtung von Gudrun sein!

Anmerkungen.

[1]) Wie überhaupt unser Dichter, darin ohne Zweifel der alten Sage folgend, geneigt ist an das Walten der Nemesis zu glauben und ihr Nahen auch in bedenklichen Vorzeichen zu vernehmen, beweist unter anderen die Schlussstrophe 809, wo es bei der Landung der Normannen am Wülpensande heisst:

> Man hôrte in ir segele diezen unde wagen.

Müllenhoff tilgt diese Strophe, weil es ihm unverständlich ist, was hier die Erwähnung des Tosens und Schwankens in den Segeln der Normannen soll, aber Plönnies p. 341 bemerkt mit Recht, die Sage erzähle das als ein unheilvolles Vorzeichen für die frechen Entführer.

[2]) Str. 879 heisst es ausdrücklich, dass der erste Tag zu Ende ging ohne eine Entscheidung zu bringen, und dass am folgenden Morgen der Kampf wieder aufgenommen ward.

> Diz werte in grôzen sorgen, unz in diu naht benam.
> vruo von einem morgen sî tâten âne scham
> allez, daz sî kunden, die alten zuo den jungen,
> ê daz künic Hetele kam zuo dem von Ormanie gedrungen.

Darnach ist Hettel erst am zweiten Tage gefallen, und am dritten würde der Entscheidungskampf stattgefunden haben, wenn die Normannen nicht entwichen wären. Es ist echt sagenhaft, dass die letzte Hauptschlacht auf den dritten Tag verlegt wird. — Nun wird freilich in der Anfangsstrophe der folgenden aventiure nicht wieder erwähnt, dass hier ein neuer Tag beginnt, aber die Str. 880 scheint, wie ich im Vortrage angedeutet habe, eben nur die Inhaltsangabe eines verlorenen Liedes zu sein. Aehnliche Fälle, dass einzelne Strophen gleichsam nur gereimte Ueberschriften oder Inhaltsangaben sind, finden sich öfter: sie mögen vom Dichter selber herrühren, der im Versbau Gewandtheit genug besass, um eine Epitome „Wie Ludwig Hetteln schlug“ in Reime zu bringen. So giebt die Nibelungenstrophe 1041 „Dô bôt man Gûdrûnen bürge unde lant etc.“ offenbar in kurzer Zusammenfassung nur den Inhalt der 21. aventiure an. Ferner kann die Eingangsstrophe der 29. aventiure Str. 1494, welche Müllenhoff unbegreiflicher Weise für echt erklärt, unmöglich zur Erzählung gehören, sondern auch sie ist nur eine Epitome des nachfolgenden Liedes: wenn es dort nämlich heisst „Wate tobete sêre. dô gieng er für den sal gegen der porten hôher etc.“, so wird mit den letzten Worten der zunächst folgenden Erzählung weit vorgegriffen, erst Str. 1510 tritt das ein, was in jenen summarisch angekündigt ist. — Auf diese Weise lassen sich auch vielleicht die rätselhaften Strophen 1093 und 1094 erklären, wo urplötzlich mitten in der Schilderung von Hildens Rüstungen die Untreue Hergards erwähnt wird. Es ist leicht und bequem, mit Müllenhoff jene Strophen als Interpolation zu streichen, aber schwer zu sagen, wie ein Fälscher die Tollheit hätte begehen sollen, ganz unmotiviert in jene Partie eine Andeutung, aber auch nicht mehr, von einer ganz anderen Welt hineinzuschleudern. Zudem ist der Gedanke von Hergards Untreue, die eben die Folie zu Gudruns Heldenmut giebt, ein so vorzüglicher, dass selbst Müllenhoff, obgleich er jene Strophen als unecht streicht, p. 73 zugeben muss „der Gedanke, der sie hervorbrachte, ist nicht so übel“ und, als ob ihm das Gewissen schlüge, p. 81 noch einmal erklärt „Freilich hat es das Ansehen, dass Hergard, wenn sie dem alten Sänger auch nicht bekannt war, doch aus der Sage herausgenommen ward und keine neue Erfindung ist.“ Interpoliert sind also jene Strophen gewiss nicht, es müssten denn Narrenhäusler mit zu den Interpolatoren gehört haben. Wie nun aber, wenn wir auch an diesen beiden Bruchstücken nur gereimte Inhaltsangaben hätten, das eigentliche Lied aber, worauf sie sich bezogen, ebenso wie das Lied von Ludwigs und Hettels Zweikampf verloren gegangen wäre? Denn ein ermüdender Abschreiber mochte vielleicht diese oder jene aventiure als zu wenig interessant überschlagen und genug zu tun glauben, wenn er statt ihrer die gereimte Inhaltsangabe überlieferte. Gerade an jener

Stelle aber, nach Str. 1093, zwischen der Berufung der übrigen Mannen und derjenigen des jungen Ortewin, die mit besonderer Ausführlichkeit erzählt ist, war es nicht unpassend, wieder nach Normandie in der Erzählung überzuspringen: überhaupt geht der Dichter hier, wo alles zur Entscheidung drängt, überaus rasch wechselnd von Normandie nach Hegelingenland und umgekehrt, wie wir z. B. Str. 951, 1071, 1165 Scenenwechsel haben.

[3]) Die Dichtung sagt „nach Verlauf von $3^1/_2$ Jahren". Aber diese Zeitbestimmung ist, da sie keine runde Zahl angiebt, entschieden nicht sagenmässig und ausserdem verwickelt sie uns in grosse chronologische Schwierigkeiten. Denn Strophe 1090 werden ausdrücklich die Leidensjahre Gudruns in Normandie auf dreizehn bestimmt. Hätte nun Hartmut nach Str. 1021 und 22 zuerst nach $3^1/_2$ Jahren und dann wieder nach ebenso langer Zeit seine Werbung erneuert, so hätte das Waschen Gudruns, da ein Teil des achten Jahres mit Ortruns gütlichen Bemühungen verging, gegen 6 Jahre dauern müssen. Das erklärt freilich der Dichter ausdrücklich Str. 1070 (diese Angabe ist also nicht, wie Müllenhoff p. 23 meint, ein „ganz massloser unwissender Anschlag", sondern eine peinlich genaue Berechnung), aber aus poetischen Gründen ist es unmöglich anzunehmen, dass die echte Sage die tiefste Erniedrigung Gudruns, das Waschen, habe länger dauern lassen als vom Winter in den Frühling; erst gleichzeitig mit den Rüstungen Hildens, durch welche die Befreiung naht, darf das Uebermaass von Knechtschaft als höchster Gipfel des Elendes eintreten. Ich glaube darum, dass jene wunderliche Angabe von $3^1/_2$ und wieder $3^1/_2$ Jahren auf einem Missverständniss des Dichters beruht. Er wird in seinen Quellen einen Ausdruck wie „im siebenten Winter kehrte Hartmut heim" gefunden und aus diesen 7 Wintern $3^1/_2$ Jahre gemacht haben. Bei dieser Annahme lösen sich alle Schwierigkeiten. Dann hätte Hartmut zuerst im siebenten und von dort abermals im siebenten Winter seine Werbung erneuert, sodass jedesmal fünf volle Jahre zwischen seinen Versuchen lagen. Die Knechtschaft würde dann dreizehn Jahre gedauert haben, und mit dem Anfang des vierzehnten wäre gleichzeitig mit Hildens Rüstungen Gudruns tiefste Erniedrigung eingetreten.

[4]) Die Deutung der Namen Fenja und Menja ist noch nicht gelungen. Grimms Mythologie p. 498 leitet den ersteren von fani, altn. fen palus, wohl richtig ab (auch das Eiderstedtsche Wort „fenne“, womit ein eingeschlossenes Marschweideland bezeichnet wird, gehört hierher), wonach „Fenja“ vielleicht das uneingedeichte Marschland ist, das bei ruhiger See nicht überflutet wird und dann unendlichen Reichtum gewährt. Dazu stimmt aber nicht die Ableitung von mani, altn. men=monile, welche Grimm für Menja giebt: diese muss eine ganz ähnliche Bedeutung wie ihre Zwillingsschwester haben. Mit in Betracht zu ziehen werden jedenfalls die Namen der beiden friesischen Inseln Fanöe und Manöe sein.

[5]) Die im Vortrage gegebene Deutung des Mythus von Hildens Entführung findet ihre Bestätigung in der von Saxo Grammaticus gegebenen Version, wonach Hithinus (Hedin oder Hettel) ein Freund des Hoginus (Högni oder Hagen) ist und die Verlobung des ersteren mit der Tochter des letzteren nur dadurch gestört wird, dass dem Vater Verleumder hinterbringen, jener habe seine Braut vor der Vermählung zur Unkeuschheit verlockt (Plönnies p. 209). Das ist eben die vorzeitige Vermählung Hedins und Hildens, wenn schon vor dem Frühlingsanfang die lauen Westwinde die Keime aus der Erde locken.

[6]) Eine petitio principii, wie sie Müllenhoff in der Hauptsache sich zu Schulden kommen lässt, widerfährt ihm auch im einzelnen, wie wenn er z. B. p. 68 die Str. 1101—16 mit folgendem Räsonnement als Interpolation nachzuweisen versucht: „noch mehr verraten sie ihren Verfasser dadurch, dass in ihnen Horand Hettels Schwestersohn sein soll. Freilich heisst Horand neve, aber weiter kommt es auch nicht in echten Strophen“ oder wenn er p. 73, um eine andere Interpolation zu beweisen, dies Argument gebraucht: „die Redensart des alten Waten künne, das Wort meidlîn sind beim echten Dichter unerhört“. — Wie unsicher aber die Aufstellung einer Eingangsstrophe als notwendigen Liedanfanges sei, dafür mag als Exempel Str. 587 dienen. Diese Strophe, meint Müllenhoff, sei durchaus der Anfang des ersten Liedes von Gudrun, weil sie eine vollständige Exposition enthalte: folgerichtig ändert er das überlieferte Dô gevriesch man diu maere, womit

unmöglich ein ganz neues Lied anheben kann, in Man gevriesch diu maere, und die ganze 9. aventiure, worin auch Siegfrieds Werbung enthalten ist, streicht er als unecht. Ganz abgesehen aber davon, dass kein Dichter in der Welt seinen Sang anfangen würde mit einem kahlen „Man vernahm in Normandie die Märe von Gudruns Schönheit", statt erst die vernehmenden Personen vorzuführen, so liegt M.s πρῶτον ψεῦδος darin, dass er sich gar nicht vergegenwärtigt hat, dass auch nach vorausgegangener Schilderung von Gudruns Schönheit und Siegfrieds Werbung der Dichter gar nicht kürzer sich hätte fassen können, als in der angeblich vollständigen Exposition „Da vernahm man die Märe in Normandie, dass niemand schöner wäre als Hettels Tochter, die hehre Gudrun". Aehnlicher Voraussetzungen, auf welche dann die kühnsten Schlüsse gebaut werden, finden sich viele.

[7]) Auffallend ist dabei, dass weder Müllenhoff noch Plönnies an denjenigen Strophen Anstoss nehmen, worin das erste Reimpaar weiblich ist. In diesen ist die Unregelmässigkeit und die „Verwilderung" doch ebenso gross, wie in den vielgescholtenen Nibelungenstrophen und denen mit innerem Reim.

[8]) So z. B. wirft Müllenhoff Str. 688—721, die Hettels Kampf mit Siegfried schildern, aus, ist dadurch aber gezwungen in Str. 722, die er als echt anerkennt und welche anfängt

Von Hegelingen Hetele unde herre Sîvrît,
die tâten daz sî kunden mit hôchvertem sît

so zu interpolieren, dass er trotz des Reimes sît schreibt unde Herwîc.

[9]) Von den übrigen Schwächen der Müllenhoffschen Kritik erwähne ich hier nur folgende: Er verfährt erstlich inconsequent, wenn er z. B. trotz seiner Annahme, dass manche echte Strophe erst durch die Abschreiber die Form der Nibelungenstrophe angenommen habe, 1501 bloss wegen dieser Form tilgt, deshalb aber auch 1502 und 3 fallen lassen muss und dennoch einzuräumen gezwungen ist, dass sie einen schönen sagenmässigen Zug enthalten (p. 37). Völlig willkürlich aber geht er zu Werke, wenn er z. B. Str. 439 mit dem Worte „ist schon dem Tone nach unecht" abfertigt (Plönnies erkennt sie an), oder wenn er 1557 ohne Angabe eines Grundes als

„offenbar verwerflich" bezeichnet und so öfter. Vollends aber wird die philologische Akribie bei seinem Verfahren zu einem reinen Märchen, wenn er z. B. Str. 366 nach willkürlicher Tilgung dessen, was in der Ueberlieferung den Zusammenhang herstellt, die Worte „lâz âne fride sîn unser beider schirmen" ändert in „lâzen wir nu sîn unser beider schirmen", oder Str. 432 die Worte „er enbringe ez ze einer suone" in „er enbringe uns in sîn rîche", oder 1338 die Worte „dô sagte manz den helden, dô kam ein michel kraft" in „aller die dâ wâren der kam ein michel kraft" etc. etc.

[10]) Obgleich M. selbst p. 42 sagt: „Es hätte keiner wagen sollen, die Zahl der Hände, die an dem Gedicht gearbeitet haben, bis ins einzelne zu bestimmen und Strophe für Strophe diesem oder dem beizulegen; in einzelnen Fällen ist es selbst schwierig, auch nur zu sagen, was älter oder jünger ist."

www.ingramcontent.com/pod-product-compliance
Lightning Source LLC
Chambersburg PA
CBHW060801310726
48980CB00002B/182
* 9 7 8 3 8 4 6 0 7 8 1 5 0 *